Amor por INTERESSE

Ruth Cardello

Amor por INTERESSE

Tradução:
Maria João Vieira

Quinta Essência

Diretor editorial: Pascoal Soto
Editora executiva: Maria João Costa
Assessora editorial: Raquel Maldonado
Preparação de texto: Thais Carlo
Revisão: Beatriz Sarlo e Tiago Ramos
Diagramação: Abreu's System
Designer de capa: Maria Manuel Lacerda
Imagem de capa: © Shulterstock

CIP-BRASIL. CATALOGAÇÃO-NA-FONTE
SINDICATO NACIONAL DOS EDITORES DE LIVROS, RJ

Cardello, Ruth
Amor por interesse / Ruth Cardello; tradução Maria João Vieira. – Rio de Janeiro: Leya, 2013.
272 p. (Trilogia Ruth Cardello)

ISBN 978-85-8044-793-4
Título original: *For Love or legacy*

1. Literatura americano 2. Romance erótico 3. Traição 4. Amor secreto I. Título II. Vieira, Maria João.

13-0368. CDD: 813.6

Índices para catálogo sistemático
1. Literatura americana

2013

TEXTO EDITORES LTDA.
[Uma editora do Grupo Leya]
Rua Desembargador Paulo Passaláqua, 86
01248-010 – Pacaembu – São Paulo – SP – Brasil
www.leya.com.br

UM

A morte não era coisa que Stephan normalmente comemorasse, mas tinha lá suas vantagens.

— Tudo preparado para hoje à noite? — perguntou Stephan Andrade, sem desviar os olhos da tela de seu notebook enquanto escrevia uma última frase. Tinha terminado a proposta final há mais de uma hora, mas ainda não estava satisfeito com o resultado. Nada de novo. Ele não havia tirado sua família da ruína financeira para deixar as coisas parcialmente feitas.

— Se por "tudo" você quer dizer se eu tenho minha bagagem pronta embaixo de minha mesa, para o caso de meu bebê decidir nascer enquanto eu verifico pela terceira vez se está tudo certo com sua agenda para os próximos dias, nesse caso, sim, está tudo preparado — respondeu sua secretária, muito grávida, tristemente, enquanto recostava seu corpo no sofá branco e colocava seus tornozelos inchados em uma das almofadas.

— Ótimo — disse ele, ausente. Depois parou e passou uma das mãos pelo pescoço quando entendeu o que ela havia dito.

— Maddy, você não deveria estar aqui hoje, você está de licença-maternidade. Eu mesmo poderia tratar de tudo.

— Você já mandou todo mundo embora do escritório. Achei que precisava ajudá-lo antes de haver um motim por aqui. Se eu não soubesse o quanto esse contrato é importante para você, já teria ligado para Tio Vic e contado a ele que você está precisando da intervenção de seu pai.

O pai de Stephan teria adorado isso. Victor Andrade estava com pouco mais de 60 anos e tinha ido morar na Itália, mas isso não o havia feito reduzir o ritmo. Ele estava sempre cruzando o Atlântico, desfrutando a sua aposentadoria em uma mansão na costa de Amalfi enquanto continuava a monitorar a família em Nova York. Felizmente, algumas vezes a mãe de Stephan parava o marido, e nessas ocasiões Stephan tinha um pouco de paz.

— Não precisa envolver meu pai nisso, seu marido já ligou para mim duas vezes essa manhã — disse Stephan.

Isso fez a moça sorrir. Não era uma tarefa difícil. Madison D'Argenson sempre estava de bom humor, era crônico. Falava que era parte de seu charme. Por sorte, ela era igualmente eficiente e detalhista, e por isso era a secretária de Stephan e não apenas uma funcionária bem paga.

— Ele deveria estar focado na inauguração do novo restaurante e não se preocupando comigo. O bebê só vai nascer dentro de duas semanas. O que ele disse?

— Fez a ameaça de sempre. Que é melhor eu não fazer você trabalhar demais ou ele vai envenenar meu próximo prato de *tortellini*.

Sua prima caçula riu, mas Stephan não. A alegria da moça ecoou dentro dele, fazendo-o lembrar o quanto havia mudado. Era apenas seis anos mais velho que Maddy, mas do lado dela sempre se sentia um velho.

O entusiasmo dela era quase desgastante. Ela agarrava a vida com as duas mãos e a chacoalhava até conseguir o que queria, premiando quem estava à sua volta com o sorriso mais doce do mundo todas as vezes que saía vencedora. Um sorriso que sempre derrotava qualquer oposição.

Quando ela voltou para casa depois de um ano estudando no Sul da França, trouxe consigo um desconhecido *chef* francês. Stephan manifestou sua preocupação, e não foi o único. A primeira impressão sobre Richard D'Argenson não havia sido boa. A resposta de Maddy? Ela reuniu a família, juntando irmãos e primos, para informar que Richard estava ali para ficar e que eles iriam amá-lo.

Eles se casaram em menos de um ano e pouco tempo depois já estavam esperando um filho.

Richard conquistara o respeito de Stephan recusando que ele financiasse seus restaurantes e permitindo que Maddy continuasse a trabalhar para a Andrade Global. Apesar de recém-casado, Richard não se intimidara com o fato de os homens Andrade serem superprotetores em relação às mulheres da família. Ele era devotado, mas não era controlador, e ganhou seu lugar na família tal como Maddy havia anunciado que ele faria. Mais impressionante ainda, ele sempre estava aprendendo novas receitas italianas com a mãe de Maddy e cozinhava os almoços de domingo na casa de seus sogros, quando várias gerações da família se reuniam. Como eles poderiam não o amar?

Mesmo quando ele fazia ameaças de envenenar alguém.

Normalmente até que era engraçado. Mas hoje tinha sido irritante. Havia muitas coisas em jogo com aquele negócio para Stephan poder se permitir uma distração. Em menos de vinte e quatro horas ele apresentaria sua proposta para o ministro do Comércio da China e se tudo corresse bem, a Andrade Global seria uma empresa internacional, e o infame Dominic Corisi lutaria para escapar à falência.

Maddy colocou os pés no chão de novo, e disse:

— Na verdade, existe uma boa razão para eu estar aqui hoje e para interromper você.

Stephan cruzou a sala e, com uma ternura que ninguém que não fosse da família associaria a ele, ajudou sua prima a ficar em pé.

— Você precisa voltar para casa, Maddy. Seja lá o que for que veio fazer aqui, pode esperar mais uns dias.

Sim, aquele negócio era muito importante. Na verdade, ele não havia pensado em outra coisa desde que ficara sabendo que Dominic apresentaria uma proposta para o ministro. Mas Maddy era da família, e a família, para um Andrade, é mais importante que todo o resto.

Maddy colocou uma mão sobre a manga do paletó dele.

— Não, isso não pode esperar. Eu estou preocupada com você.

— Comigo? — Ele endireitou mais a cabeça, orgulhoso.

— Não se perca na China, Stephan.

— Eu não pretendo perder. — Ele percebeu que havia usado um tom rigoroso ao vê-la estremecer.

Mas isso não a fez parar. Ela falou:

— Não é isso que eu estou querendo dizer e você sabe. — A voz dela ficou mais suave, preocupada. — Você está viajando para Pequim pela razão certa?

Por que ela estava fazendo isso agora? Ele olhou as horas em seu relógio. Faltavam quarenta e cinco minutos para a decolagem. Obviamente seu jato particular não daria a partida sem ele, mas Stephan tinha reuniões marcadas para logo depois do pouso e precisava chegar o mais depressa possível.

— Se a Andrade Global conseguir ganhar esse contrato...

— O quê, Stephan? O que vai mudar? Seu pai perdeu milhões, mas você já ganhou muitos mais milhões do que os que ele perdeu...

— Meu pai não perdeu nada. Roubaram dele.

Ela sabia.

— E você está viajando para a China para fazer Dominic pagar por isso, não é?

"Ah, sim!", pensou ele.

— Dominic precisa pagar pelo que fez com meu pai, pelo que fez com todos nós. Isola Santos é uma caricatura do que era antes. Já quis comprá-la de Dominic um monte de vezes, mas agora não serei eu a pedir. Quando eu tiver destruído Dominic, ele vai implorar que eu a compre dele, só para poder pagar para que seus advogados o tirem da confusão que eu estou armando.

Stephan adorou dizer tudo isso em voz alta.

Finalmente, depois de todos esses anos, Dominic havia calculado mal o negócio e se colocara em uma posição vulnerável. Ele incluíra investidores importantes de vários países do mundo em sua proposta para criar uma rede de internet viável na China e colocara sua própria fortuna em risco. Os investidores não iriam gostar de saber que Stephan oferecia o mesmo serviço para o governo chinês por um terço do preço, com mais liberdade ainda para eles implantarem as restrições de sites que estavam querendo. Diferente de Dominic, Stephan não se importava em perder o controle sobre o software depois de vendido. A única coisa que interessava a ele era colocar o seu rival para fora do mercado.

— Você não precisa fazer isso — comentou Maddy, aflita.

— Preciso, sim. — Era simples e complexo ao mesmo tempo. Ele pôs a sua mão com carinho nas costas da prima e a conduziu até a porta. — Você se preocupa demais, Maddy. Eu estarei de volta antes do final de semana. Fale para o pequeno que está aí dentro de você para esperar eu voltar.

Maddy não saiu do lugar.

— Stephan, eu preciso lhe dizer uma coisa, e é importante.

Ele olhou preocupado.

— É sobre seu bebê?

Maddy colocou a mão sobre o barrigão.

— Não, o bebê está ótimo. Eu vim para contar que Nicole ligou mais cedo. Ela me perguntou se você estaria aqui e se poderia vê-la hoje.

— Nicole?

— Nicole Corisi. Estranho ela querer ver você logo hoje, não?

— Sim, estranho — repetiu ele enquanto sua mente voava. O que estaria querendo a irmã caçula de Dominic? Ele havia sido cuidadoso em esconder todos os detalhes de seu plano. Apenas os membros mais chegados de sua equipe sabiam o que ele iria fazer, e a metade deles já estava na China, preparando o terreno para sua proposta. Alguma informação teria vazado para o campo dos Corisi? Nicole iria pedir a ele que se afastasse do irmão dela?

— Espero que você tenha dito que eu estou com a agenda cheia — disse ele.

Maddy bateu um dedo no queixo.

— O pai dela morreu faz pouco tempo. Eu não podia dizer não. Vocês não eram amigos? Vai ver ela está precisando de alguém para desabafar.

Ele se lembrou de Nicole dançando timidamente na sua frente na pista à beira-mar da Lucinda, aquela boate da moda de Coney Island. Seus cabelos longos e escuros voavam em torno de seu revelador vestido vermelho. Seus olhos cinzentos sorriam em resposta a alguma coisa que ele havia falado. Depois de meses tentando conquistá-la, ela aceitara sair com ele. O jeito sério de Nicole e a sua roupa naquela noite o haviam seduzido. Sem a armadura que ela usava para ir trabalhar, Nicole era... perigosa. Seus movimentos eram inexperientes, mas, mesmo assim, fatais. Ele jamais desejara uma mulher como desejara Nicole naquela noite. E depois disso também não.

Talvez, se aquela noite tivesse terminado do jeito usual, Nicole se confundiria com a mancha desbotada de mulheres que passaram pela sua vida. Mas nessa mesma noite Stephan descobriu que Dominic estava tomando a empresa de seu pai, terminando com aquilo que nem mesmo havia começado. Tirando Nicole do seu alcance. Deixando a sensação de alguma coisa inacabada.

Não, eles jamais haviam sido amigos.

Em outro dia qualquer ele a encontraria, mesmo que só para verificar se ela ainda deixava sua respiração em suspenso. Ele se disporia até a conceder um dia, uma semana ou o tempo que fosse preciso para conquistá-la de novo.

Ah, sim, em qualquer outro dia ele não se importaria de confortá-la. Mas não hoje. Não um dia antes de ele concretizar sua vingança contra o irmão dela.

— Lamento que o pai dela tenha morrido, mas Nicole não vai querer ouvir nada do que eu tenho para falar — disse ele.

— Você deve estar um pouco curioso a respeito do que ela está querendo.

— Não estou com tempo para essas coisas. — Stephan olhou as horas de novo. — Viajarei em menos de uma hora. Ligue para ela e diga que não posso encontrá-la.

Mas, diferente do que ele esperava, Maddy não se mexeu. Ao contrário, ela deu para ele um de seus irresistíveis sorrisos e disse:

— Isso seria um pouco estranho por que ela está esperando na sala do outro lado da porta.

Primeiro Stephan caminhou para trás, chocado, depois para a frente, furioso. Ele tinha vontade de gritar de raiva, mas o estado delicado de sua prima gestante fez com que ele segurasse a língua. Mais tarde ele teria tempo para dizer a Maddy que ela não podia interferir assim em sua vida. Maddy sabia que ele não queria encontrar Nicole.

"Acabe logo com isso e vá embora", pensou ele. Depois, falou para a prima:

— Dois minutos. Eu tenho apenas dois minutos para encontrá-la.

O sorriso de Maddy ficou maior, revelando que ela não apenas sabia o que ele estava pensando como também que não sentia medo. Maddy caminhou na direção da porta e falou por cima do ombro:

— Ah, Stephan, ela é ainda mais bonita do que na foto que você esconde na gaveta de sua mesa.

— Ele está mais pronto do que nunca para vê-la — disse Maddy, com humor para Nicole, enquanto abria a porta da sala de Stephan, uma das mãos descansando sobre seu barrigão.

— Obrigada — respondeu Nicole, rígida, ficando em pé, mas incapaz de caminhar até a porta. As palavras que ela havia ensaiado cuidadosamente desapareciam de sua cabeça.

"Ele jamais concordará com isso. Estou perdendo meu tempo", pensava ela.

— Tudo bem? — perguntou a secretária, se afastando da porta e observando Nicole, preocupada.

"Você não precisa fazer isso." Ela ficou imóvel por alguns segundos ao se lembrar da discussão feia que tivera mais cedo com Thomas Brogos, o advogado de longa data e amigo de seu pai. "Sim, preciso fazer isso", respondeu ela para si mesma.

Todas as coisas e todas as pessoas que ela amava dependiam de sua capacidade de fazer Stephan concordar com seu ultrajante pedido. Ela não poderia falhar.

— Tudo bem — respondeu Nicole, apesar de seu corpo ameaçar traí-la com as lágrimas que faziam seus olhos piscarem. "Não", a mente dela gritou. "Não está tudo bem. Nada está bem. As coisas já não estão bem há muito tempo e, se isso não der certo, não voltarão a estar."

— Eu sei que não é de minha conta, mas, se você precisar, eu estarei aqui, do lado de fora.

"Nossa! Meu aspecto é tão ruim que até mesmo uma gestante está se preocupando comigo?" Respirando bem fundo, Nicole obrigou seus pés a conduzi-la até junto da porta da sala de Stephan. Stephan Andrade, ex-criança rica e mimada, agora tubarão do mundo dos negócios e dono de tantas empresas de software que quase se podia dizer que possuía um verdadeiro monopólio, balançou para trás em sua elegante cadeira e juntou as pontas dos dedos, se fingindo em contemplação. A luz da enorme janela atrás dele espalhava sombras em seu rosto, ocultando qualquer emoção em seus olhos. O horizonte de Manhattan se recortava em uma silhueta irregular, dura e implacável como o homem que nem se incomodou em levantar quando Nicole entrou na sala. Falta de educação para alguns, o fato de Stephan ter ficado sentado era como uma bofetada na cara, vinda de um homem que se orgulhava de sua educação tradicional e elegante. O fato de ele continuar lindo não estava ajudando.

Se a vida fosse justa, agora, Stephan estaria gordo e careca. Com um pouco mais de 1,80 metro, ele era uma mistura impressionante de sua mãe escandinava com seu pai italiano — cabelos loiros espessos, olhos tão azuis que chamavam a atenção de todo mundo, e um corpo naturalmente musculoso, que a maioria dos homens passa horas na academia tentando alcançar. Mas a vida não era justa e ela precisava ignorar a beleza dele como havia feito sete anos atrás.

— Obrigada por me encontrar — disse Nicole, as palavras se prendendo em sua garganta. Nada na expressão ou nos gestos dele indicavam que ele aceitaria o pedido dela. Mas Nicole não viraria as costas e fugiria só por que ele olhava como se ela estivesse sujando de lama seu tapete caro.

— Estou voando para o exterior em menos de uma hora. O que você quer, Nicole? — A voz dele lhe dizia que as chances de obter alguma coisa que pedisse eram bem próximas de zero.

Com cuidado, Nicole se sentou na cadeira imaculadamente branca que estava na frente da mesa de Stephan. Ela alisou sua calça azul-marinho nos joelhos e cruzou a perna juntando os tornozelos, esperando não parecer tão ansiosa como quanto se sentia.

— Você pode pelo menos ser educado, Stephan?

O homem cansado que a observava não tinha qualquer semelhança com o jovem que, por meses, havia visitado a empresa do pai sem nenhuma outra razão senão entrar casualmente na sala dela, como se ele acabasse de voltar de uma tarde surfando, e convidá-la para sair. Ela sempre havia recusado e ele sempre sorria, como se a rejeição o fizesse desejá-la ainda mais. Agora Stephan não estava sorrindo. Ele se levantou e se postou diante de sua mesa.

— Nós dois sabemos que esta não é uma visita social. Admito que estou surpreso por seu irmão ter mandado você. O negócio dele deve estar indo bem pior do que eu imaginava.

Nicole colocou sua bolsa no colo.

— Não foi Dominic que me mandou aqui.

Stephan se encostou na cadeira, cruzando os braços sobre o peito largo. Apesar de seu terno caro e confeccionado sob medida, e de sua gravata de seda, ele parecia tudo, menos compreensivo. Tinha escalado seu caminho desde a quase falência até a capa das revistas financeiras, e a experiência o havia endurecido.

— Ceeerto — ele falou.

"Não importa o que ele pensa de mim", decidiu Nicole.

— Eu preciso da sua ajuda — pediu ela.

Os olhos de Stephan se estreitaram enquanto pesava o que ela havia dito.

— Você está precisando de alguma coisa e, então, pensou em mim? Muito comovente. Você também pensou em quanto tempo não nos falamos e nas circunstâncias da nossa última conversa, antes de vir até aqui?

— Você sabe que eu não tive nada a ver com o acontecido.

Ele mostrou que não fazia a menor ideia com um dar de ombros de quem não se importava.

— Stephan. Eu nem sequer falo com meu irmão. Eu odeio Dominic. Se eu soubesse que ele iria comprar…

— Roubar… — Stephan a interrompeu.

— Se eu soubesse o que iria acontecer, eu o teria impedido.

— É fácil falar isso agora.

— O que você quer que eu diga, Stephan? Eu fui encontrar com ele quando isso aconteceu. Ele não quis me ouvir. Eu tentei pedir desculpas para sua família. Que mais você queria de mim?

— Eu acho que a verdadeira pergunta é: o que *você* quer de mim?

Nicole fechou a porta para a resposta que brotava dentro dela. Ele não estava perguntando o que havia desejado, ele não queria saber se havia passado muitas noites solitárias sonhando com o que poderia ter acontecido entre eles. Ele não queria escutar mais bobagens dessas e Nicole também não queria ressuscitá-las. Não, hoje ela estava ali por uma causa bem mais concreta, a única coisa em que ela se permitia pensar.

— Meu pai deixou a empresa dele para mim, mas nomeou Dominic como presidente por um ano.

Stephan gargalhou.

— Genial! Dominic era quem sabotava a empresa de seu pai, faz sentido ele ser obrigado a levá-la para a frente.

— Você sabe o que Dominic vai fazer com a empresa assim que puser as mãos nela? Vai dispensar todo mundo que está na gerência e colocar seus homens de confiança no lugar deles.

— E?

— Eu não posso deixar que isso aconteça.

— Porque você precisa ter o controle.

"Será que isso importa?" Stephan não acreditaria nela. Fazia tempo que ele tinha uma ideia pronta sobre Nicole em sua cabeça.

— Eu preciso saber se você consegue deixar o passado de lado e me ajudar.

Ele não precisou dizer não; o brilho gelado de seus olhos e a rigidez de seus ombros já davam a resposta.

— Eu posso fazer com que valha muito a pena —, acrescentou ela, rápida, jogando sua última carta.

Ele se afastou da mesa. De repente, interessado.

— Agora, quero ouvir.

Atrasaria a recuperação da empresa, mas, se Stephan não a ajudasse, Nicole perderia tudo de qualquer maneira.

— Eu tenho a patente de um novo software de conversão. Eu poderia passá-la para você.

Ele se aproximou mais. Ficou tão próximo que ela podia sentir o cheiro de seu perfume. Tão próximo que ela não conseguia enxergar mais nada, só ele.

— Decepcionante — disse Stephan.

— O quê? — ela se mexeu com desconforto na cadeira. Por baixo de seu casaco azul-marinho e de sua camisa de seda, o corpo de Nicole reagia de maneira bem indecente à proximidade dele. Ela não queria se lembrar de como sentira aqueles lábios, em seu pescoço, e em outras partes de seu corpo que estavam agora cobertas mas que imploravam por atenção. Aqueles lábios estavam tão perto que bastava que ela se inclinasse um pouco para prová-los.

Ela encontrou os olhos dele e percebeu que Stephan observava atentamente sua reação; experimentando alguma coisa, algo que eles dois sabiam que estava lá, qualquer coisa de que era melhor não falar.

Ela controlou seu desejo por ele. Nicole já havia aprendido, há anos, que entregar-se a um capricho, mesmo que apenas por uma noite, trazia consequências emocionais devastadoras. Perdê-lo não teria doído tanto se ela se permitisse acreditar que, um dia, voltaria a ter alguém semelhante em sua vida.

— Sua oferta. Achei que você tinha algo mais pessoal em mente... — disse ele. Um canto de sua boca se curvou quando ele pronunciou isso.

"Calma. Respire."

Stephan aproveitaria qualquer fraqueza de Nicole. Ela já havia imaginado aquilo muitas vezes — em gloriosos e tentadores detalhes —, mas não agora, não assim.

— Acredite, não estou oferecendo a você nada de pessoal.

— Que pena! Eu estava me sentindo muito tentado.

O sugestivo sorriso dele era um *flash* do passado que provocou a resposta divertida, inesperada e instantânea dela:

— Com quem você está brincando? Você cairia a meus pés. — ela lamentou imediatamente suas palavras.

Os olhos dele brilharam com uma centelha de interesse tão intensa que Nicole precisou desviar os seus antes que se esquecesse de todas as razões que faziam com que aquela atração não pudesse existir. Ele pousou as mãos sobre os braços da cadeira dela e fez ela perceber que revelara exatamente o que mais queria esconder.

— Veja, isso aí sempre me intrigou. Qual dessas mulheres é a verdadeira? A Nicole fria que fala da morte de seu pai apenas por causa do testamento ou a mulher tentadora? O que você faria se eu aceitasse seu desafio?

As palavras dele provocaram a reação que Stephan esperava. Nicole voltou a cabeça e descobriu que ele estava próximo a ela, muito mais perto do que seria confortável. Ele podia desejá-la, mas havia desejado muitas mulheres nos últimos sete anos. A mídia estava cheia de fotos de Stephan levando pelo braço herdeiras e celebridades. Nenhuma delas havia sustentado o interesse dele por muito tempo, e Nicole não suportaria a dor de perdê-lo uma segunda vez.

Ele se inclinou um pouquinho mais, ficando ainda mais perto.

— Não sei por que eu falei aquilo — disse ela, se encostando para trás.

— Você falou aquilo pela mesma razão que eu estou lutando para manter minhas mãos longe de você. Há alguma coisa entre nós dois; algo que nós precisávamos ter resolvido anos atrás.

— Eu não posso fazer isso, Stephan. — Ela disse isso com a voz mais rouca do que gostaria.

— Eu também não posso, por isso você está segura. — Ele se endireitou. — Vá embora e diga a seu irmão que eu não vou desistir de meus planos, mesmo que a proposta seja bem tentadora. Nem mesmo que essa proposta seja uma transa com você.

E ela enxergou toda a verdade, com clareza. Ele não a desejava. Ele só queria ver até onde ela lhe permitiria ir. Nicole falou, fechando suas mãos em punhos:

— Sabe, eu nunca entendi por que você e meu irmão não são os melhores amigos. São dois completos idiotas!

— Tsc, tsc! Sua máscara está caindo. Vai ser difícil explicar para Dominic que o plano dele não funcionou comigo.

Nicole se pôs de pé, seu peito arfando, e disse:

— Isso está sendo um jogo para você, não é? Você só está tentando me vencer. — Ela odiou que seus olhos estivessem se enchendo de lágrimas quando queria mostrar para ele que suas palavras a feriam pouco.

"O que interessa? Por que esconder?", pensou ela. Em um momento ela estaria saindo por aquela porta e jamais voltaria a vê-lo.

— Adivinhe só? Você ganhou. — Uma lágrima rolou pelo rosto dela. — Como fui idiota ao pensar que havia um pingo de humanidade em você.

Ela se voltou para sair.

— Nicole... — Stephan disse suavemente.

Ela virou o rosto para ele, sua expressão novamente gelada. Ele não estava fingindo se preocupar, estava? Ou ele não resistia à tentação de dizer mais alguma coisa espirituosa antes de ela ir embora?

— O que você quer, Stephan? Pensou em outro insulto? Você acha que depois da semana horrível que tive estou me importando com o que você pensa sobre mim?

Bem devagar, como se as palavras lhe custassem a sair, ele disse:

— Você não deveria ter vindo aqui.

— Isso é óbvio, obrigada — respondeu ela, se voltando e caminhando até a porta, tropeçando. "Droga, será que eu não consigo nem caminhar direito enquanto estou aqui?"

Ele a segurou pelo braço, quando ela estava quase saindo da sala, e parou na frente dela esperando que o olhasse. Se Nicole não o conhecesse tão bem, poderia até achar que Stephan estava preocupado.

— O que você achou que iria acontecer quando entrasse por aquela porta? Achou que eu seria invadido pelos sentimentos do passado e esqueceria todo o resto?

Ela não ficou surpresa com a ironia das palavras dele. Fitou-o segurando seu braço e toda sua raiva desapareceu. Sério, o que ela esperava?

— Não. É óbvio que o que você algum dia sentiu por mim não existe mais. Eu não teria vindo se meus advogados tivessem achado outra maneira.

— Outra maneira de quê?

Nicole o olhou nos olhos.

— De invalidar o testamento. Um ano atrás, você fez uma oferta para comprar a Corisi Ltda. Meu pai iniciou as negociações, mas não terminou. Esse negócio inacabado é a única brecha que meus advogados encontraram para resolver a questão.

A mão dele apertou com mais força o braço dela.

— Então, você veio aqui só para falar de dinheiro.

Nicole deu de ombros, tristemente.

— O que importa? Você não vai me ajudar.

O rosto dele endureceu e seus olhos se encheram de uma raiva que ela não esperava. "Não!", ela se repreendeu. Não era hora de ficar imaginando se ele não queria deixá-la ir embora pela mesma razão que a fazia querer ficar. A vida não era assim. A vida dela, pelo menos.

— O que seus advogados disseram? — ele perguntou.

"O que eu tenho a perder?", ela se questionou. E disse:

— Se você comprar a Corisi Ltda. e a vender de novo para mim, a empresa fica livre das regras do testamento.

Ele balançou a cabeça, como se não houvesse escutado bem.

— Comprá-la? Comprar uma empresa de trinta milhões para você?

Ela não podia ir embora agora. Não agora, se existia uma centelha de esperança de que ele poderia ajudá-la.

— Seria apenas no papel. Você não teria de gastar dinheiro algum.

— Só teria de enfrentar meu conselho administrativo e os investidores pensando que eu estava louco.

Ele não estava dizendo não… ainda.

— Eu também pensei nisso. Ninguém ficaria surpreso se…

— Se?

Nicole falou rapidamente, contando a ele seu plano antes de que ele tivesse a chance de reconsiderar e desistir.

— Se nós ficássemos noivos. Tudo isso faria sentido. Quando as famílias se juntam, as empresas delas também se juntam. É natural. Aí, quando nós anunciarmos que rompemos o noivado, você passa a empresa de novo para mim, pelo mesmo preço, e você não estará perdendo nada.

Nicole não conseguia prever nada na expressão de Stephan.

— Você pensou em tudo, só não pensou em por que eu faria isso.

— Para ganhar aquela patente. Stephan, ela é bem promissora. Você pode ganhar milhões.

Por um momento ele pareceu estar tentado, mas então disse:

— Mesmo que eu quisesse ajudar você, ninguém acreditaria. Ninguém acreditaria em nosso noivado.

— Acreditariam, sim, se você dissesse que já estávamos namorando em segredo.

— Não.

— Noivados acontecem a toda hora. Diga que estou grávida. Não quero nem saber.

Ele falou mais alto:

— Minha família ficaria furiosa se eles soubessem que nós estávamos namorando em segredo... Pior ainda com um noivado por você estar grávida. Não.

Stephan parecia triste? Eles escutaram uma batida na porta. Maddy espreitou dentro da sala.

— Stephan, meu carro chegou, estou indo embora.

Ele olhou as horas e praguejou.

— Maddy, por favor, veja se meu carro já está chegando. Ele deveria ter chegado há dez minutos. Estou ficando apertado de tempo.

Maddy olhou Stephan e Nicole, seus olhos indo de um para o outro.

— Vou fazer isso. — Ela fechou a porta, relutante.

Perdido em seus pensamentos, Stephan ficou olhando para a porta.

— Stephan — chamou Nicole.

— Hmm?

— Solte meu braço.

Ele tirou a mão do braço dela.

— Eu não odeio você, Nicole. Se você estivesse me pedindo para recomendá-la a alguém... Nossa! Até mesmo se você estivesse me pedindo dinheiro emprestado, eu a ajudaria. Mas isso é demais.

— Eu entendo — disse ela, endireitando as costas e se afastando dele.

O celular de Stephan tocou no bolso do paletó. Ele o pegou e disse:

— Meu carro está esperando lá em baixo. Gostaria de poder ajudá-la, mas não posso. Você vai ter de viver segundo a vontade do seu pai.

DOIS

"Então, foi bem pior do que o esperado", pensou Nicole enquanto saía do elevador para o saguão do edifício onde ficava o escritório de Stephan. O tic-tac dos saltos de seus sapatos Louis Vuitton chamou a atenção dos dois homens no balcão de segurança. Eles levantaram o olhar e logo depois, simultaneamente, voltaram a baixar os olhos com um desinteresse ultrajante.

Haveria algum sabor de sorvete que tornasse aquele dia suportável? Talvez não, mas Nicole planejava comer uma ou duas caixas logo mais à noite. Sua incapacidade para engordar era um dom e uma maldição. Na adolescência, era uma menina tímida com mais de um metro e oitenta de altura, quase sem curvas, parecendo mais um espantalho, só pernas e braços. E foi assim por muitos anos. Os homens não costumavam olhá-la duas vezes. Os anos haviam suavizado os ângulos de seu rosto, mas as curvas que ela tanto desejava jamais apareceram em seu corpo. Ela não comprava roupas sexy simplesmente por que seu corpo não tinha como segurá-las. A falta de atenção dos homens não a incomodava. Ela focou sua atenção em seus estudos e em vários treinamentos ao longo dos anos com um único objetivo em sua mente – salvar a empresa de seu pai. Um objetivo que jamais parecera tão longínquo como naquele momento.

Dominic não se preocuparia com os executivos que trabalhavam para a Corisi Ltda. por mais de vinte anos. A empresa havia sobrevivido às crises econômicas e a uma sabotagem deliberada apenas por causa da lealdade e integridade dessas pessoas. Eles eram mais do que antigos funcionários, eram a única família que Nicole teve. E ela não estava conseguindo defendê-los.

— Você está se sentindo bem? — perguntou a secretária de Stephan enquanto elas caminhavam pelo saguão principal. Mesmo grávida, ou talvez por causa disso, ela merecia a demorada atenção dos guardas. Nicole sentiu um pouco de inveja da confiança natural daquela mulher. Seu vestido de gestante, esvoaçante e cor de ameixa, acentuava suas formas delicadas e celebrava o estado temporário do seu corpo.

— Sim, estou ótima — Nicole respondeu automaticamente.

— Você não parece estar se sentindo bem — a moça insistiu.

Apesar da diferença de cor, os olhos dela lembravam os de Stephan. Ele não tinha irmãs. Ela seria prima dele? Victor Andrade sempre havia defendido dar emprego para a família. Certamente Stephan tinha mantido essa tradição.

— Maddy, certo? Obrigada por sua preocupação, a verdade é que minha semana foi bem dura e estou sem nenhuma vontade de falar sobre isso.

Graças a Deus! Sua limousine a esperava junto da calçada. Nicole se despediu e saiu pelas portas de vidro.

Maddy a seguiu até à rua como se estivesse querendo falar mais alguma coisa. Nicole reparou como a moça se esforçava por recuperar o atraso e a esperou, um pouco a contragosto.

— Pensei que você já tivesse ido embora.

— Dei minha limousine para Stephan. — Maddy fez uma careta. — Não conte nada para ele. Essa viagem é importante demais e eu pedi para mandarem outro carro para mim.

— Mas? — "Por favor, não fale uma razão para eu não poder deixá-la aqui sozinha na calçada. Oh, céus! Será que a gente vai para o inferno por pensar uma coisa dessas sobre uma mulher grávida?" Nicole olhou em volta, esperando ver aparecer, miraculosamente, outra limousine.

— Não estou me sentindo bem. — Maddy colocou uma mão nas costas.

"Droga!", Nicole levantou a mão, chamando sua limousine. O motorista fez marcha à ré e abriu a porta.

— Por que você não senta um pouco? Quer que eu ligue de novo para saber o que aconteceu com seu carro?

Acomodando-se no banco de pelúcia, Maddy disse:

— Vou melhorar em um minuto, tenho certeza. Estou apenas cansada. O ar-condicionado daqui está ótimo.

Nicole queria apenas ir embora e ficar bem longe de toda a família Andrade, mas entrou na limousine e sentou ao lado de Maddy, não podendo fazer outra coisa.

— Está sentindo desconforto?

Maddy revirou os olhos.

— Meu bebê nasce em uma semana e eu pareço uma enorme bola inflável. Não há um pedacinho de meu corpo que esteja confortável.

Ficaram as duas em silêncio por um momento. Depois, Maddy estremeceu.

— Uff.

— O que está acontecendo?

— Devo ter sentado numa posição ruim porque minhas costas estão doendo demais.

O culpado era Stephan por ter deixado que Maddy continuasse trabalhando naquele avançado estado de gestação. Ainda restaria um pouco daquele Stephan carinhoso por quem ela havia se apaixonado anos antes? Esse Stephan havia existido mesmo ou ela apenas projetara o que queria ver em mais um homem poderoso? Maddy merecia ser tratada melhor.

— Tem certeza que não quer que eu telefone para alguém? Para sua família?

— Não. — Maddy fez outra careta, indicando que estava sentindo uma dor forte nas costas. — Ficarei bem quando chegar em casa. Detesto ter de pedir isso, mas será que você pode me dar uma carona?

— Claro que sim, fique com minha limousine. Eu pego um táxi. — Era o melhor que podia acontecer. Maddy poderia ir para casa em segurança e ela poderia fugir daquilo que estava se tornando mais um dia de pesadelo.

— Não, por favor. Quero dizer, sim, eu aceito sua carona, mas não vá embora. Não sei por quê, mas neste momento não quero ficar sozinha.

O que ela poderia dizer a isso? Apenas podia concordar, especialmente porque ela sabia o quanto era duro para alguém se sentir abandonado.

— Sem problema, qual é seu endereço? — Maddy falou e Nicole o repetiu para o motorista. A limousine entrou no trânsito.

Maddy foi a primeira a quebrar o silêncio.

— Você não se incomoda que Stephan tenha viajado para a China?

Nicole apertou suas mãos geladas no colo.

— O que Stephan faz não é da minha conta.

Um fato que havia ficado bem claro após vê-lo hoje.

— Você sabe por que ele está indo para lá?

— Como eu já disse, não é da minha conta. — Ela não estava querendo ser mal-educada, mas a última coisa que lhe apetecia era falar sobre o homem que estava tentando esquecer.

— Mesmo quando isso envolve seu irmão?

— Especialmente quando isso envolve meu irmão — Nicole disse, se voltando para olhar pela janela.

— Deve ser duro para você.

— Desculpe? — Nicole respondeu, continuando a olhar as pessoas que caminhavam pela calçada.

— Não se envolver. Eu acho que eu não conseguiria... — Outra dor forte cortou a frase que Maddy estava dizendo.

— Você está se sentindo bem? — Desde os anos de adolescência, a família de Nicole consistia apenas nela e em seu pai. Ela não tinha experiência alguma com mulheres grávidas, mas Maddy parecia mais e mais desconfortável. Isso não devia ser nada bom.

— Sim, estou sentindo apenas algumas pontadas. Isso já aconteceu há alguns dias. Foi falso alarme. Tenho certeza que desta vez também vai passar. Não fique preocupada, mesmo que desta vez seja de verdade... É meu primeiro filho, teremos muito tempo.

Nicole sentiu seu estômago dar voltas e quase vomitou o almoço no chão da limousine. Ela susteve a respiração e disse:

— Trabalho de parto? Você pode estar em trabalho de parto?

— Bem que eu gostaria, mas provavelmente sou uma daquelas mamães de primeira viagem que acabam tendo o bebê bem depois da data prevista — Maddy disse, com mais confiança do que Nicole achava possível.

Nicole bateu no vidro que a separava do banco do motorista.

— Jeff? Vamos para o hospital. Rápido.

Maddy disse:

— Tenho certeza...

O motorista baixou o vidro.

— Você disse hospital?

— Sim, ela pode estar em trabalho de parto. Estamos muito longe?

— Acho que o Lenox fica na rua 77. Não fica longe, o problema é o engarrafamento.

— Não podemos ir por outro lado?

— As ruas estão todas bloqueadas. Deve ter havido um acidente. Está tudo parado.

Nicole suspirou uma vez e depois outra. Sua respiração foi ficando mais curta até que ela se sentiu um pouco tonta. Maddy disse:

— Respire fundo! Nicole, eu não estou em trabalho de parto. — Maddy deu um pequeno grito e ficou um pouco menos confiante. — Bem, pelo menos eu acho que não estou.

Nicole não conseguiu falar nada coerente:

— Você não pode... Não pode...

Maddy levantou uma sobrancelha.

Nicole terminou a frase sem convicção nenhuma:

— Você não pode ter o seu bebê aqui. Eu não entendo nada de bebês!

Por um momento, Maddy voltou a se recostar no banco e acariciou a barriga, mas sua voz não soou tão calma como momentos antes.

— Tenho certeza de que isso não é nada. Da última vez, eu e Richard entramos em pânico sem razão alguma. Eu fiz todas as aulas. Minha bolsa ainda nem estourou. Está tudo bem.

Nicole pegou seu celular e começou a buscar informações sobre sinais de parto iminente. Maddy brincou:

— Você acha que existe um aplicativo para isso?

Mas a piada foi rapidamente interrompida por seu primeiro grito de dor.

Nicole disse:

— Você precisa de uma ambulância.

Limpando as gotas de suor que apareceram subitamente em sua testa, Maddy concordou:

— Acho que você está certa.

Nicole não esperava ouvi-la concordar e gritou:

— O que você está querendo dizer com isso? Você disse que estava tudo bem!

Maddy olhou para o banco debaixo dela e disse:

— Minha bolsa estourou.

— Você tem certeza? — “A bolsa estourou?” O trânsito estava parado. “Nada bom. Nada bom. Nada bom.” Nicole ficou ofegante, sentindo suas vias respiratórias se fecharem com o pânico.

Maddy agarrou um braço de Nicole e a puxou para junto de si. A moça doce de ainda há pouco havia desaparecido. Agora ela estava rangendo os dentes e disse:

— Escute, uma de nós duas precisa ficar calma e eu acho que não serei eu. Você precisa segurar a situação!

O que devemos sugerir para uma mulher durante o parto? Respirações curtas? Nicole respirou rapidamente e depois deu algumas respirações mais profundas. Quando ficou calma se sentiu capaz de pensar de novo com clareza.

— Você está certa. Me desculpe. Eu nunca estive junto de uma mulher em trabalho de parto.

Depois de procurar um pouco dentro de sua bolsa, Maddy telefonou para o marido:

— Richard? — Ela parou e deu um grito quando uma nova contração a atingiu. Depois disse: — Chegou a hora. Me encontre no Lenox. Eu sei que não foi nada disso que nós planejamos, mas é o hospital mais próximo. Sim, estamos indo para lá. Bom, estamos tentando ir para lá, a verdade é que estamos presos no trânsito.

Nicole perguntou, nervosa:

— Jeff, você não pode contornar esses carros?

O motorista respondeu:

— Impossível. Estamos completamente bloqueados.

— E se nós pedíssemos um helicóptero? — Nicole sugeriu, buscando uma solução.

— Não tem como pousar.

Respirar normalmente ficou de novo mais difícil.

— Ai meu Deus! Ai meu Deus! O que nós vamos fazer?

"190."

Nicole se atrapalhou com seu celular, deixando-o cair no chão duas vezes antes de conseguir usá-lo. Decidiu usar o viva-voz no caso de ela desmaiar, Jeff, quer gostasse ou não, precisava ouvir a conversa. O atendente disse:

— 190, qual é a emergência?

Nicole respirou fundo e contou:

— Estamos tendo um bebê. Quero dizer, Maddy está tendo um bebê dentro de minha limousine. O bebê não pode nascer aqui.

— Senhora, em que local vocês estão?

Nicole olhou nervosa pela janela, buscando uma indicação.

— Estamos na rua 58 Oeste com a 5ª avenida. Em uma limousine preta. O trânsito está parado. Por favor, nos mande uma ambulância imediatamente.

— Ok, senhora, estamos com uma ambulância apenas a algumas quadras daí. Vou mandá-la para vocês. Por favor, estacione o seu carro e espere a chegada da equipe médica.

Maddy gritou. O telefonista perguntou:

— Qual o ritmo das contrações?

Nicole olhou Maddy, agora completamente deitada ao longo do banco, respirando rapidamente.

— Maddy, qual o ritmo de suas contrações?

O rosto de Maddy estava inundado de lágrimas e ela gritou de novo.

"Ai meu Deus!"

— Não sei! Ela está sentindo muita dor. É normal ela estar sentindo dores tão fortes?

— A senhora precisa ficar calma. Ter um bebê é natural, mas pode causar muita dor. A senhora precisa perguntar para a mãe qual o ritmo das contrações.

A dor ficou mais leve e Maddy conseguiu finalmente responder para Nicole:

— Elas estão bem próximas. Apenas alguns minutos, se tanto.

— Alguns minutos — Nicole falou para o celular. — Talvez menos.

— A senhora vai ter que se preparar.

— Preparar? — Nicole perguntou, sentindo o tempo ficar mais lento com o choque de tudo aquilo.

— O bebê pode nascer antes da ambulância chegar. Se não há mais ninguém aí, a senhora vai ter que ajudar.

Nicole olhou, frenética, para seu jovem motorista, mas ele balançou vigorosamente a cabeça e disse:

— Não olhe para mim. Eu sempre desmaio quando vejo sangue.

— Eu não vou conseguir fazer isso — Nicole disse, de novo em pânico. Ela jamais havia sequer colocado um band-aid em outra pessoa e a situação prometia ser bem mais complicada do que isso.

Maddy falou alguma coisa para seu próprio celular e depois o colocou em viva-voz:

— Nicole, é o Richard. Ele quer falar com você.

— Nicole? Nicole? Você está me ouvindo?

— Sim — Nicole respondeu, mas suas mãos tremiam tanto que ela deixou cair seu próprio celular.

— Você está com as duas pessoas mais importantes de minha vida. Por favor, cuide bem delas. — O amor de Richard por sua esposa teve um efeito calmante em Nicole.

Por vezes a vida nos dá a oportunidade de nos redefinirmos. Então, podemos aceitar esse desafio ou ficar lamentando não o ter feito pelo resto de nossas vidas. “Esse é um desses momentos. Posso perder meu tempo chorando e me sentindo asfixiar ou posso me portar como uma pessoa adulta e parar de pensar que sou o centro do mundo.”

— Pode ficar descansado, Richard. Vai correr tudo bem — Nicole ficou surpreendida com a força de sua própria voz.

— Senhora? — interrompeu-a o telefonista do 190. — Tem como lavar suas mãos?

Nicole decidiu agir e buscar uma solução.

— Tem um pequeno bar aqui na limousine. Tenho desinfetante de mãos e garrafas de água.

— Lave suas mãos rapidamente e verifique como está a gestante.

Nicole lavou rapidamente as mãos, pegou algumas toalhas limpas que estavam no bar e ajoelhou para ajudar Maddy a se libertar de suas calcinhas. O que ela viu quase a fez cair para trás, no chão da limousine.

— Acho que a cabeça do bebê está saindo!

As dores de Maddy estavam mais frequentes e mais fortes. Nicole colocou seu celular no chão para ajudar Maddy que gritava e empurrava. Por alguns breves minutos, que pareceram horas para Nicole, o telefonista do 190 foi dando indicações e ela as seguiu rapidamente. Nicole ajudou Maddy a ficar o mais confortável possível e ajoelhou-se no chão, se preparando para segurar a cabeça do bebê.

Aconteceu tudo bem rápido. Primeiro apareceu a cabeça, depois o bebê virou para um lado e, de repente, a criança inteira aterrissou nas mãos de Nicole. Ela usou uma das toalhas para limpar o rosto e a boca do bebê. Embrulhou-o em outra toalha e o colocou sobre o peito de Maddy. O bebê respirou profundamente pela primeira vez e soltou um gemido.

Nicole limpou suas trêmulas mãos e colocou mais toalhas no chão da limousine.

— Está tudo bem! O bebê está bem! — Ela sentiu vagamente que seu rosto se inundava de lágrimas.

O telefonista disse:

— A ambulância já está na 6ª avenida. Certamente você já está escutando a sirene.

Maddy olhava seu bebê, maravilhada.

Uma voz masculina revelou que Richard continuava no telefone:

— Maddy? Nicole?

Nicole respondeu:

— O bebê está ótimo, Richard! Você está ouvindo o choro dele?

— E Maddy?

— Ela ainda está sentindo algumas dores, mas está sorrindo.

— É menino ou menina?

Nicole lembrou que nem havia reparado nisso e riu:

— Não sei. Não olhei.

Richard falou:

— Você não sabe como ver isso?

Nicole balançou a cabeça mas logo entendeu que Richard não podia vê-la e respondeu:

— Sei, sim, mas eu só estava preocupada com sua primeira respiração.

Maddy deu uma espiada por baixo da toalha e disse com uma voz cansada mas feliz:

— Diga a ele que é um menino.

— É um...

— Eu ouvi! — Richard exclamou e sua voz soou um pouco engasgada por lágrimas.

O motorista anunciou:

— A festa acabou, senhoras. A ambulância está aqui.

Maddy pediu para Nicole, sorrindo:

— Dê um tapa nesse homem, logo mais, por favor.

Nicole deu um sorriso para ela, aliviada:

— Dou, sim, prometo.

De repente a limousine ficou lotada com dois paramédicos do serviço de emergência que colocaram Nicole para fora e se ocuparam de Maddy e do bebê. Nicole ficou na calçada, sendo rodeada por uma pequena multidão que especulava sobre o que poderia ter acontecido dentro da limousine que estivesse precisando de ajuda da emergência médica. Algumas pessoas estavam apontando para Nicole. Ela foi se esconder atrás da ambulância quando viu a primeira câmera de um celular apontado em sua direção. Seu motorista lhe entregou o celular.

— O telefonista do 190 está dizendo que você se saiu muito bem.

— Eu ainda não estou acreditando. Jeff, eu ajudei aquele bebê a nascer!

— Sim, é verdade. E, felizmente, você tem mais de uma limousine, caso contrário nós teríamos de usar meu Mercury pelo resto do verão. Eu preciso pôr esta para lavar.

"É isso que acontece quando você deixa o filho de 22 anos de seu motorista substituir o pai durante as férias de verão." Ao contrário de Arnold, que era superdiscreto e sempre antecipava os desejos de Nicole, Jeff era bem opinativo. Mas, dessa vez, ela não podia culpá-lo.

— Eu vou do seu lado quando estivermos voltando para casa e depois você põe ela para lavar. Combinado?

— Combinado.

"Eu ajudei um bebê a nascer." Aquela experiência estava cheia de detalhes que ela não queria reviver nem compartilhar com ninguém mas, mesmo assim, segurar aquela nova vida em suas mãos e ter ajudado aquele bebê a chegar no mundo havia sido a mais incrível experiência de sua vida. Se ela tivesse um amigo, ligaria para ele agora mesmo e compartilharia a euforia que estava sentindo com a chegada daquele bebê sem complicações tanto para a mãe como para a criança. No entanto, amigos eram difíceis de encontrar e mais difíceis ainda de manter quando você é uma Corisi.

Os únicos relacionamentos significativos que ela havia mantido até a idade adulta eram os executivos da empresa de seu pai. Infelizmente, ela não era mais a menininha que podia entrar a qualquer hora nas salas e ficar contando histórias. Eles sempre haviam mantido contato, mesmo quando ela estava na universidade e depois, quando foi trabalhar em várias empresas de software para computadores, em Nova York e seus arredores. Mas eles já não faziam parte de seu cotidiano.

Nicole jamais deixou de se sentir grata por toda a bondade que eles haviam lhe dedicado, por anos, sempre que alguém saía de sua vida. Enquanto ela estava estudando administração na faculdade, havia usado sua pouca influência junto de seu pai para melhorar as condições de trabalho deles. Surpreendentemente, quase sempre ela saía vencendo. Não porque isso era melhor para a empresa ou porque o pai valorizava a sua opinião, mas simplesmente porque ele sabia que Nicole não ia ficar calada até ele fazer o que ela estava pedindo. O pai banalizava o seu interesse, falando que era apenas vaidade, uma necessidade de Nicole deixar sua própria marca naquilo que ele havia criado. E, assim, ele acabou conseguindo aquilo que mais queria – afastar a presença da filha; uma coisa que ele achava que valia a pena em troca de algumas concessões em matéria de recursos humanos. Reconhecer essa estratégia jamais deixará de magoá-la, mas havia sido útil para melhorar a vida daquelas pessoas com quem ela se preocupava.

Ela faria tudo para defender as pessoas que amava – até mesmo se colocar nas mãos do homem que havia quebrado seu coração. Precisava admitir que buscar a ajuda de Stephan havia sido um erro, mas George e os outros executivos haviam ficado do lado dela durante as últimas semanas, enquanto a saúde de seu pai piorava. Eles haviam sentado do lado dela, no hospital, e haviam ido até a casa dela para terem certeza de que Nicole estava bem depois que o pai morreu de um ataque do coração.

Esses executivos e suas famílias a haviam confortado enquanto seu próprio irmão optou por ficar em Pequim, cuidando de seus próprios negócios, em vez de participar do velório e do funeral do pai. Eles eram tudo o que restava a Nicole.

— Senhora? — falou um dos paramédicos, em um tom de voz que mostrava que ele a estava chamando sem sucesso havia algum tempo.

— Me desculpe. Sim? — Nicole respondeu, afugentando seus pensamentos.

— Vem na ambulância com a gente?

Nem deu tempo de Nicole dizer não pois Maddy logo levantou a cabeça, com seu bebê embrulhado em cobertores sobre sua barriga, e estendeu a mão para ela.

— Por favor, venha — ela pediu com voz fraca e voltando a colocar a cabeça sobre a almofada.

Preocupada, Nicole olhou para um dos paramédicos, mas ele garantiu:

— Ela está apenas cansada, mas eu preciso saber se você vem na ambulância ou se segue atrás de nós em sua limousine.

Nicole se inclinou e apertou a mão de Maddy, lhe dando apoio.

— Eu vou com vocês. — E disse a Maddy. — Não vou abandonar você, não se preocupe.

Stephan reclinou o assento de design personalizado de seu jato privado e tentou fechar os olhos. Ele precisava chegar a Pequim bem descansado e tendo dormindo bastante. Dominic não iria ficar nos Estados Unidos por muito mais tempo. Se Stephan queria ganhar a parada ele precisava construir uma posição sólida junto do ministro chinês e de seu conselho antes de Dominic chegar.

Havia mais de um mês que vários membros de sua equipe já estavam em Pequim, preparando o caminho e estabelecendo relações que iriam tornar possível o golpe dele. A vingança não precisava de sorte, mas sim de paciência. Como uma cobra que rasteja, se preparando para atacar, Stephan havia esperado durante anos que Dominic aparecesse na sua frente. E, finalmente, isso ia acontecer.

Estava sendo difícil conciliar o sono. Stephan olhou em torno da pequena cabine de seu jato privado. Segundo os parâmetros Corisi, não era impressionante; mas dava a ele a vantagem da rapidez. Conseguia chegar em qualquer lugar em metade do tempo de seu espalhafatoso rival.

Quando Stephan voltou a fechar os olhos, a única coisa que viu foi Nicole. Desta vez, ele não precisava se torturar com uma velha foto dela; ela havia voltado com todos os detalhes bem vívidos. Nicole usando um vestido vermelho bem pequeno e bem sexy. Nicole em seu conjunto de calça e paletó azul-escuro, castamente abotoado até o pescoço. Nicole desmoronando diante dos seus olhos quando Stephan disse que não a ajudaria.

Ela havia sido bonita aos vinte anos, mas a mulher adulta que ela se tornara era belíssima, alta e magra, com pernas longas. Seu rosto perfeito e seus olhos de um incomum cinza escuro mereciam ser capa de revista. Mas ela não parecia ligar para isso. A maioria das mulheres teria tirado partido de sua beleza natural para dominar a situação, mas Nicole tentava se esconder por trás de suas roupas severas.

E aquele coque negro! Continuava sendo tão tentador agora como na época em que ele inventava todas as desculpas possíveis para entrar na sala dela, na antiga empresa do pai de Stephan. O coque deixava o seu pescoço deliciosamente exposto, num convite a ser beijado.

Stephan virou de lado e socou o travesseiro por baixo de sua cabeça. Precisava parar de pensar nela. Ele devia se focar no objetivo daquela viagem. Finalmente, Dominic iria pagar por tudo o que havia feito. Era errado tirar partido do afastamento de seu rival enquanto ele havia ido assistir à leitura do testamento do pai? Na maioria dos casos, a resposta seria sim, mas se tratava de Dominic. Sua indiferença havia ficado bem expressa quando ele não compareceu nem no velório nem no funeral. Dominic só havia regressado aos Estados Unidos por causa do dinheiro que ele esperava receber de herança. Nunca era demais para um homem como Dominic. Ele sempre queria ter tudo.

Na situação contrária, Stephan tinha certeza de que Dominic faria a mesma coisa. Dava um pouco de prazer saber que tirar vantagem da infelicidade de alguém era um movimento clássico dos Corisi. Eram uma família cruel, não só empenhada em destruir os concorrentes mas também em se destruir entre si.

Em alguns aspetos, Stephan devia agradecer a Dominic seu sucesso nos negócios. Victor Andrade tinha ficado velho demais para enfrentar as mudanças no mercado global. Ele acreditava em relações comerciais duradouras e em manter sempre uma boa reputação. Sua bondade havia provocado sua queda. Em vez de comprar as empresas concorrentes, ele as havia ajudado, se colocando em uma posição vulnerável para os tubarões corporativos.

Por outro lado, a Andrade Global se baseava naquilo que Stephan havia aprendido vendo Dominic alcançar o poder que tinha: a moralidade é subjetiva; pegue, não peça; ataque o mais forte, absorva o mais fraco; acumule bastante, para jamais precisar pedir desculpa, e pague bem as pessoas que limpam a bagunça que você deixou para trás.

Foi essa receita de sucesso que fez Stephan ficar milionário. Mas dinheiro e poder não bastavam.

"Nicole." Droga! Isto não tinha a ver com ela. Tinha a ver com a ilha de sua família. Tinha a ver com resolver aquela velha questão.

"E com Nicole!" Ela não podia ser tão inocente como dizia. O timing escolhido revelava o seu envolvimento. Ela havia se infiltrado na empresa do pai dele mesmo antes de Dominic comprá-la à força. E agora apareceu no escritório dele um dia antes de Stephan derrotar o seu irmão. Certo, ela não havia sugerido nada mais do que um acordo de negócios, mas era evidente que toda aquela história do compromisso, o cenário do noivado falso, era uma mentira destinada a distraí-lo.

Ela precisava parecer tão sincera em seu apelo? Precisava ficar tão triste com a recusa dele? Tão sexy em sua indiferença?

Se pelo menos ela tivesse apresentado sua proposta e revelado sua verdadeira natureza; talvez agora ele não precisasse lutar contra uma ereção sempre que imaginava soltar os cabelos dela, desabotoar-lhe a blusa e beijá-la até quebrar sua barreira de frieza.

Ela não tinha nada de especial. Stephan conhecia um monte de mulheres bonitas. Era apenas um desafio, mais intenso à medida que os anos passavam e ele continuava desejando-a.

Stephan atravessou o corredor e pegou seu laptop. Ele não estava sendo capaz de dormir durante o voo. Mas – raios! – ele também não iria gastar o tempo em um estupor de hormônios só por que ela voltou a aparecer em sua vida. Nicole não tinha feito parte de sua história há sete anos e não faria agora. Sexo só complicaria ainda mais as coisas.

"Mesmo um sexo quente, úmido, excitante-até-você-não--aguentar-mais."

Ele abriu seu laptop e ficou olhando a imagem inicial na tela, depois o fechou de novo, fazendo-o estalar. Um noivado falso para ajudá-la a contrariar o testamento do pai? Loucura! As pessoas não saem comprando empresas para depois voltarem a vendê-las sem ganharem alguma coisa com isso. Ela devia ter imaginado que ele não iria sequer considerar seu pedido. "A não ser que ela estivesse desesperada." Mesmo assim, ter recusado o pedido havia sido a melhor opção. A única opção.

Ele inclinou a cabeça para trás, pousando-a no encosto do banco e gemeu lembrando como essa recusa havia sido dura também para ele. Seria possível que a morte do pai tivesse mudado Nicole? Por que era tão importante para ela impedir que Dominic controlasse a empresa do pai?

E a mais importante de todas as perguntas: "O grande Dominic será capaz de salvar a empresa depois de haver feito de tudo para afundá-la? Por que eu me importo? Não me importo nem um pouco."

Stephan colocou o laptop no assento do lado e reclinou sua poltrona. Tapou os olhos com um braço.

"Vai ser um longo voo."

TRÊS

Quando Maddy saiu da ambulância em uma maca, seu marido a esperava, ansioso. Ele segurou a mão dela, sem vergonha de mostrar as lágrimas que corriam por seu rosto. Um dos paramédicos pediu a Richard para sair do caminho, mas ele ainda deu um beijo em sua esposa e na testa de seu filho recém-nascido. Acarinhou seu filho, como se estivesse querendo se certificar de que tudo estava bem, e depois deixou que os enfermeiros levassem a maca pelo corredor, continuando a segurar a mão de Maddy.

Nicole saiu sozinha da ambulância, se sentindo um pouco zonza com tudo aquilo. Ela não queria interromper o encontro de Maddy com seu marido, mas não sabia direito o que deveria fazer agora. Ela deveria ficar ali? Deveria ir embora? O que uma pessoa deveria fazer naquela situação?

Uma enfermeira de meia-idade tocou o braço dela e perguntou:

— Você gostaria de se limpar?

Nicole olhou as manchas de sangue em suas calças que nem mesmo a fazenda escura de suas roupas conseguia esconder. Ela havia se focado tanto na mãe e no bebê que nem havia reparado no sangue seco que continuava salpicando seus braços.

— Sim, por favor. Eu não havia reparado...

— Os bebês sempre fazem muita bagunça! — A enfermeira riu enquanto levava Nicole para uma sala onde ela poderia se lavar e trocar suas roupas luxuosas por um jaleco de hospital. — A mãe deu sorte em ter você por perto. Nos contaram que você ficou todo o tempo calma e fez um excelente trabalho ajudando no parto. – Nicole começou a esfregar a sujeira de sua pele, feliz por poder compartilhar sua experiência com alguém.

— Eu me senti aterrorizada. — E se deu conta do quanto isso era absolutamente verdade.

A enfermeira se voltou de costas, permitindo que Nicole trocasse de roupa, mas continuou conversando.

— Coragem não é não ter medo. Coragem é fazer o que é preciso ser feito, apesar do medo.

Nicole terminou de vestir o jaleco e se aproximou da moça:

— Preciso me lembrar disso. Gostei!

— Podemos ir? — a enfermeira perguntou, abrindo a porta da sala.

"Ainda não", ela gostaria de ter dito, mas não disse. Não estava certa do que queria. Sua participação em tudo aquilo havia terminado. Estava na hora de sair por uma porta lateral do hospital e ir para casa. Ela havia ajudado Maddy, mas seu lugar não era ali, com a família de Stephan. Quanto mais cedo ela fosse embora, melhor. Em vez de compartilhar seus pensamentos, ela disse que sim com a cabeça e seguiu a enfermeira até a entrada da área de emergência.

Nicole telefonou para seu motorista e ele informou que já estava com a outra limousine a caminho do hospital, mas iria demorar algum tempo por causa do tráfego. Ela foi sentar na sala de espera do hospital, se protegendo da umidade da noite. Ficar sentada lhe deu uma sensação boa. Pouco tempo depois, uma mulher idosa com um leve sotaque italiano se aproximou dela:

— Nicole?

— Sim? — Nicole respondeu sem entusiasmo, levantando-se cansada, agora que a adrenalina havia desaparecido. Sentia-se suja e esgotada. A última coisa que ela queria naquele momento era encontrar alguém.

— Meu nome é Elise Andrade, sou a mãe de Maddy. Richard nos contou que você estava aqui e eu precisava encontrá-la e agradecer por tudo o que você fez.

"Nossa! Não podia ser algum conhecido do meu pai? Alguém para quem eu pudesse dar um sorriso fingido e me afastar rapidamente? Por que tem de ser alguém que um dia eu sonhei em conhecer?"

— É um prazer conhecê-la. Parabéns por seu neto. — Nicole apertou a mão da mulher e aceitou os beijos que ela deu em seu rosto, puxando-a para baixo. Elise era uma senhora baixinha, de cabelos castanhos e com uma cintura que revelava seu gosto por macarrão. Suas feições delicadas eram emolduradas por cachos perfeitos. Ela usava um vestido florido, confortável e elegante.

Olhando para suas estranhas roupas de hospital, Nicole se sentiu grata por ter tido tempo de se lavar antes de encontrar Elise. Pelo menos com aquele jaleco de médico ela já não estava parecendo uma personagem em um filme de terror.

— Como você está se sentindo? — a mulher perguntou com genuína preocupação.

Nicole desviou o olhar, sem saber como haveria de responder.

— Maddy fez todo o trabalho. Eu me sinto aliviada por saber que ela e o bebê estão bem.

Um homem alto, de cabelo escuro e usando um terno Fioravanti cinza se aproximou delas. O seu cabelo tinha um bom corte, de estilo tradicional e conservador. As linhas duras de seu rosto se suavizaram quando ele viu as duas mulheres.

— Você a encontrou! — ele exclamou, e envolveu Nicole em um abraço que fez os pés da moça levantarem do chão.

Elise riu:

— Alessandro, coloque-a no chão! Nicole, esse homem feliz é meu marido.

Quando Alessandro a liberou, Nicole alisou nervosamente suas roupas.

Com um sorriso de orelha a orelha, ele se voltou para a esposa e deu a ela um abraço igual.

— *Tesoro*, estou tão feliz! Acabei de ver o bebê. É lindo e tem o cabelo igual ao meu. Richard quer chamar ele de Laurent, mas eu sugeri Joseph, como meu pai. Joseph também pode ser um nome francês, não? — Ele pôs a esposa no chão mas manteve um braço em torno da cintura dela.

Elise balançou a cabeça, divertida.

— Por favor, desculpe as maneiras dele. Não é todo dia que nasce nosso primeiro neto e nós estamos muito gratos a você. — Ela apontou um dedo para o esposo: — E deixe que eles decidam o nome. Richard é francês. Se ele gosta de Laurent nós devemos respeitar sua vontade.

— Não quero que meu neto seja chamado de Larry. Joe é um nome forte. O que você acha, Nicole? Larry ou Joe?

Nicole apertou as mãos e disse em voz fraca:

— Eu gosto dos dois. — Ela olhou por cima do ombro para a grande janela do hospital, esperando ver sua limousine chegar.

— Ainda não acredito que Maddy não veio correndo para o hospital hoje de manhã, quando ela sentiu a primeira dor. Eu falei para ela ter cuidado, mas os filhos sempre acham que sabem mais do que suas mães — falou Elise.

Nicole se mexeu, desconfortável. Ela tentou não pensar em sua própria mãe. Haviam passado quinze anos desde aquela manhã em que a mãe os havia abandonado, um dia que ficou para sempre vividamente gravado em suas memórias. A simples menção a sua mãe trazia um tsunami de questões dolorosas para as quais ela jamais obtivera uma resposta. "Ela foi embora porque queria ou foi obrigada? Se ela deixou o marido por livre e espontânea vontade, por que não levou os filhos junto com ela? Por que ela sequer havia dito adeus? E a mais dolorosa de todas as questões: se ela tivesse ficado, ainda estaria viva?"

— Você deve estar exausta — disse Elise, sentindo a mudança de humor de Nicole. — Alessandro, mande seu motorista levá-la em casa.

— Não. — Nicole respondeu rapidamente. — Obrigada pela oferta, mas meu motorista vai chegar a qualquer momento.

Alessandro disse:

— Precisamos telefonar a Stephan e parabenizá-lo por ter escolhido uma excelente moça para casar. Você é uma heroína.

O estômago de Nicole deu um salto de nervosismo.

— Stephan e eu não...

Elise ralhou baixinho com seu esposo:

— Não era para a gente falar nada.

Alessandro deu de ombros, mostrando que isso não o preocupava:

— *Si. Si.* Maddy pediu para a gente não falar nada, mas com certeza já não é segredo. Por que Stephan esconderia que vai casar com uma mulher de quem nós todos gostamos?

Por que Maddy pensaria...? Ele devia ter escutado uma parte da conversa no escritório de Stephan. Isso não era nada bom.

Elise disse:

— Talvez ele esteja querendo esperar a hora certa para contar para a gente.

As palavras dela não convenceram seu marido:

— E o que é que esperar trouxe de bom para Maddy? Ela teve o bebê dentro de uma ambulância, praticamente no meio da rua em Nova York. *Dio Mio*, Stephan tem sorte de todo mundo estar bem. Ele devia ter ficado junto com ela.

Elise jogou uma mão no ar e acrescentou:

— Essa semana ele não anda bem. Você sabe como ele fica quando se trata daquela horrível família Corisi.

Percebendo a gafe, os dois olharam instantaneamente para Nicole.

— Eu não quis dizer... — Elise começou a explicar.

— Eu entendo — interrompeu Nicole. – Quando você tem um pai cuja crueldade nos negócios é lendária e um irmão que seguiu os passos dele, você se acostuma a ouvir o seu nome de família junto com comentários bem desagradáveis.

Um silêncio constrangedor pairava no ar.

— Por favor. Eu falei sem pensar. — Os olhos de Elise se encheram de lágrimas de emoção.

O celular de Nicole vibrou dentro da bolsa dela.

— Tudo bem. Não se preocupe. Mas agora eu preciso ir. Minha limousine chegou.

Alessandro segurava a bolsa de plástico com as roupas sujas, uma bolsa que Nicole tencionava jogar no lixo, mas havia esquecido. Ela a recolheu, se sentindo incapaz de olhar o casal nos olhos.

Mas Alessandro não soltou a bolsa até que Nicole olhou para ele. Então disse:

— Ninguém culpa você pelas coisas que seu pai e seu irmão fizeram. Diga isso a Stephan. Ele não precisa proteger você da gente.

— Vou dizer — Nicole respondeu, sabendo que isso jamais aconteceria.

"Me proteger?"

Nicole sabia que não era isso o que Stephan iria fazer da próxima vez em que eles se encontrassem.

Ela jogou a bolsa com roupas sujas em uma lata de lixo e entrou em sua limousine. Recostou-se em um dos assentos, descalçou os sapatos e colocou os pés sobre o banco que estava na sua frente.

Jeff, o motorista, se voltou para trás e perguntou:

— Tudo bem com você?

Nicole retrucou:

— Por que todo mundo fica me perguntando isso?

"Não é óbvio?", a expressão de Jeff pareceu dizer, antes de ele voltar a se sentar direito em seu banco e dar a partida à limousine.

Nicole pegou um pequeno espelho e se arrependeu imediatamente. Seu cabelo havia se soltado dos grampos. Ela ajeitou algumas partes, mas sem uma fita não havia muito o que ela pudesse fazer para colocar em ordem aquele emaranhado de fios negros.

Ela viu que Jeff a espiava pelo espelho retrovisor.

— Me leve para casa. — Seu tom de voz ríspido era um aviso, mas Jeff não se impressionou. Ele simplesmente olhou para ela, esperando. Jeff tinha seu próprio conjunto de expectativas em relação à etiqueta motorista/passageiro. Não estava certo, mas o pai dele, Arnold, havia suportado os desaforos de Nicole adolescente, sem reclamar. O mínimo que ela podia fazer agora era tolerar o filho dele por umas semanas.

— Por favor — ela acrescentou.

Satisfeito, ele se voltou e colocou o cinto de segurança. Depois de virar a curva e entrar na rua principal, Jeff disse:

— É a primeira vez que eu vejo você com o cabelo solto.

Ela fechou os olhos e balançou a cabeça:

— Precisamos falar sobre isso? Eu sei que estou horrorosa.

— Pelo contrário, você está bem sexy. Quem diria?

Nicole não sabia o que era pior — ter seu motorista comentando seu aspecto e estar demasiado cansada para repreendê-lo, ou o fato de ele parecer chocado com a sua sensualidade.

"Sexy? Hm?"

Nicole apertou o botão para levantar a divisória de vidro, mas seus lábios se curvaram em um pequeno sorriso relutante. "Venho desperdiçando meu dinheiro em costureiros e designers já que, aparentemente, a única coisa de que preciso é colocar meu dedo em uma tomada elétrica e vestir um saco de batatas. É esse o look que funciona comigo? Os homens são criaturas bem estranhas."

QUATRO

Uma hora mais tarde, saindo de uma deliciosa ducha quente, Nicole olhou sua barriga lisa e se perguntou se algum dia carregaria uma vida dentro dela. E, no caso de isso acontecer, alguém iria visitá-la no hospital quando o bebê nascesse? Não era patético ela pensar que as únicas pessoas que fariam isso eram seus empregados?

Será que Maddy apreciava verdadeiramente o que tinha? Pais que a amavam? Um marido que havia chorado por ela? Qual seria a sensação de ser uma Andrade… ou uma D'Argenson, como Maddy era? Ser parte de uma grande família, viver rodeada de amor, celebrar, simplesmente, ser uma deles?

Não era a primeira vez que Nicole pensava sobre isso.

Sete anos e meio antes, durante seu treinamento na agora dissolvida empresa Andrade Solutions, Nicole havia visitado o mundo deles. O pai de Stephan, Victor Andrade, comovido pelo desejo sincero que Nicole tinha de aprender os meandros do gerenciamento de uma empresa de computadores, havia confiado nela. Ao contrário de muitas outras pessoas que Nicole conhecia, Victor não se sentiu nem intimidado nem impressionado com a influência da família dela no mercado de computadores. De fato, no início, eles passavam mais tempo conversando sobre a família dele do que discutindo questões de trabalho. Sempre havia alguém casando ou tendo um bebê. Algumas brigas dos Andrade eram feias, mas na maioria das vezes eram hilariantes. Eram um clã enorme e tudo servia de razão para se reunirem. Victor contava histórias instigantes e estranhas, contos de fadas de uma vida maravilhosa com que Nicole só podia sonhar.

Em pouco tempo Nicole se tornou a sombra de Victor durante a maior parte do dia. Ele a levava para reuniões importantes e depois discutia os assuntos com ela, elogiando suas novas perspectivas. Quando ela chegou na empresa gerou algum falatório, porque sua lealdade deveria ser com seu próprio pai, mas Victor conversara abertamente com Nicole sobre essa questão e acreditou no que ela dizia.

Nicole queria assumir a empresa do pai, mas não estava interessada em dominar o mundo. Ela admirava profundamente a maneira como Victor valorizava sua equipe e integrava sua própria família na empresa. Para ela, era surpreendente ver como as decisões dele se baseavam naquilo que era melhor para todos e não apenas para a sua conta bancária.

O fato de Victor ter aceito Nicole lhe abriu as portas para o resto da família. A esposa dele, Katrine, levou Nicole para almoçar numa quinta-feira e elas gostaram tanto da companhia uma da outra que o encontro se tornou uma rotina semanal.

Katrine era uma loura alta e voluptuosa, com impressionantes olhos azuis iguais aos de Stephan. Só por isso seria fácil não gostar dela, mas sua personalidade calorosa afastava qualquer inveja. Apesar de não trabalhar para a empresa, ela conhecia todos os funcionários e as opiniões que dava sempre eram valorizadas. De fato, suas ideias, depois de discutidas, quase sempre eram aplicadas. Ela adorava o marido e o filho, mas isso não queria dizer que sempre estava de acordo com eles. Assistir a Katrine e Victor discutirem sobre Stephan revelava uma dinâmica de família tão estranha para Nicole que mais parecia que ela estava assistindo a um documentário sobre extraterrestres na tevê. Eles brigavam, por vezes no meio de gritos, mas a fúria era como um raio que rasgava o céu e logo desaparecia. Eles apresentavam seus pontos de vistas e faziam suas concessões. Sem rancores e sem ferirem um ao outro. Os Andrade não tinham medo de brigar porque confiavam no amor que os unia.

Nada de parecido podia se dizer da família de Nicole. Os Corisi eram violentos, vingativos, controladores e inflexíveis em seus pontos de vista. A única coisa que eles valorizavam de verdade era a aquisição de mais e mais riqueza.

Os Andrade haviam dado esperança a Nicole. A Corisi Ltda poderia ser uma empresa de sucesso e valorizar seus funcionários. Ela podia sonhar em ter, no futuro, uma família amorosa e disposta a apoiá-la. Ela faria de tudo para que seus próprios filhos jamais conhecessem a solidão e o abandono, como havia acontecido com ela. Ao confessar esse desejo a Victor, ele a havia entendido como jamais ninguém tinha feito. Ele tratava Nicole mais como filha do que como funcionária. Por isso, ela jamais entendeu por que Victor desaprovaria a relação entre ela e o filho.

O jovem Stephan. Muito bem-sucedido, se a definição de sucesso for uma pele sempre bronzeada e a garantia de virar matéria de capa das revistas de fofoca. Ele passava a maior parte do tempo na costa oeste, com seus amigos de Hollywood, fazendo documentários e saindo com mulheres de seios enormes. Muito raramente viajava à costa leste para visitar o pai e participar em eventos de recolha de fundos para causas ambientais.

Ou, como o pai dele costumava dizer, Stephan andava jogando sua vida fora, em vez de crescer e ajudar no negócio da família. Ao contrário de Victor, Nicole achava que Stephan era... bom, perfeito! Nada parecia incomodá-lo. Ele se vestia como se estivesse sempre de férias e era absolutamente lindo. As mulheres lutavam por sua atenção. Os homens invejavam sua riqueza e influência.

Nicole amava o seu idealismo. Stephan sempre falava em salvar o mundo como se fosse algo possível. Depois de Nicole recusar seus convites para jantar, ele ficava na sala dela, sentado em um canto da mesa de trabalho e divagando sobre seu último projeto. A paixão dele por salvar os recifes de coral ou mapear a taxa de derretimento de uma geleira era inspiradora e incrivelmente sexy.

A persistência de Stephan era lisonjeira, mas ele trocava de namorada como quem troca de camisa. Mulheres eram apenas acessórios que ele usava para ir a uma festa e descartava em seguida. Nicole o recusava pela mesma razão pela qual ela jamais comprava bilhetes de loteria. Coisas maravilhosas e inesperadas jamais aconteciam na vida dela. Nunca haviam acontecido e ela acreditava que nunca aconteceriam.

Por isso, ainda agora se culpava por ter dito sim a Stephan. Por admitir perante ela própria que o que sentia era bem mais do que atração. Por ter dado à sua família mais uma chance de machucá-la.

Nicole acabou de secar o corpo, colocou uma longa camisola de algodão e foi deitar em sua cama. Ela não costumava se permitir o luxo de relembrar aquele encontro, mas naquela noite se perguntou como teria sido sua vida se Dominic não houvesse anunciado a compra da Andrade Solutions.

Ela jamais esqueceria o olhar de Stephan quando a convidou para sair e, pela primeira vez, ela não recusou imediatamente. Aqueles olhos azuis se incendiaram com um fogo que também se acendeu no corpo dela.

Ser desejada por um homem como Stephan era algo contra o que o seu coração virgem não tinha defesas.

Stephan se inclinou em sua direção, inclinando a sobrancelha, e brincou dizendo que montar Ciclone em Coney Island era exatamente do que alguém como ela estava precisando.

— Alguém como eu? — ela perguntou, temendo um pouco o modo como ele poderia descrevê-la.

Stephan lhe provocou um arrepio nas costas ao acariciar levemente a lapela do seu paletó, perguntando:

— Você nunca deixa seus cabelos soltos? Nunca se diverte?

Ele fez a palavra "diverte" soar... completamente erótica.

Não, Nicole jamais se "divertia", mas quando ele falava ela tinha vontade de mudar isso.

— Claro que sim! — ela se defendeu, quase sem fôlego.

— Mentirosa — ele murmurou contra os lábios dela.

— Só porque eu não quero sair com você não quer dizer que não saia com outras pessoas.

Esse comentário fez aparecer um delicioso sorriso nos lábios dele.

— Sério? — Ele acariciou suavemente o pescoço dela. — Com quem?

Ela engoliu em seco, se sentindo incapaz de pensar com aquele olhar tão insistente.

— Homens — ela respondeu.

Ele riu alto e disse:

— Sim, eu realmente esperava que essa fosse sua preferência, ou então estaria perdendo meu tempo. — Stephan se levantou e a desafiou com um pedido — Vem comigo amanhã a Coney Island. Vamos às corridas de cavalos. Damos um passeio pela praia. Se você conseguir ficar longe de todos esses homens por um dia, eu até levo você para jantar.

Nicole prendeu a respiração. Tinha medo de acreditar naquilo que estava vendo nos olhos dele.

— Você está de gozação ou isso é sério?

Ele se inclinou e beijou suavemente os lábios dela, depois disse:

— Diz que sim e eu mostro o quanto é sério.

Colocando de lado todas as razões que ela havia reunido para se convencer de que seria uma má ideia, Nicole disse:

— Sim.

O rosto dele ficara deliciosamente rosado.

— Quer que eu passe na sua casa às dez?

— Não — respondeu Nicole, rapidamente. — Eu encontro você lá embaixo, na porta do escritório.

— Você está com medo de que seu pai não aprove? — Essa ideia parecia diverti-lo.

Nicole admitiu, sorrindo levemente:

— Algo assim.

Felizmente, Stephan aceitou a resposta dela e concordou.

O encontro ficou tão vívido na memória dela que sempre ofuscava todos os outros que teve depois. Andar de mãos dadas com um homem que não deixava passar uma chance de roubar-lhe beijos a havia feito sentir-se dentro de um sonho. Em um mundo maravilhoso e cheio de paixão, onde tudo, absolutamente tudo, era possível.

Stephan lhe falava sobre seu próximo documentário sobre o meio ambiente ou contava o último drama dos Andrade, e ela não tirava os olhos dele. Ele não se interessava por dinheiro ou computadores. O pai dele estava certo: ele não queria entrar no negócio da família. Tinha estudado cinema e não administração, e, apesar de seus documentários ainda não terem trazido fama, ele adorava fazê-los e viver todas as aventuras necessárias para torná-los possíveis. Olhava para sua fortuna apenas como um instrumento que lhe permitia influenciar pessoas a seu favor.

Ele era tudo o que Nicole havia sonhado.

À beira-mar, na pista de dança da Lucinda's, Nicole havia admitido a si mesma a verdade.

"Eu amo esse homem."

O jantar havia sido um excruciante e prolongado exercício de preliminares. Um beijo. Um toque secreto. Um desejo que foi crescendo até que nenhum dos dois podia mais negar a maneira como eles estavam querendo que aquela noite acabasse. Até que o telefone de Stephan tocou e ela viu o rosto dele se transformar na frente dela. Dominic havia anunciado sua oferta de compra da Andrade Solutions.

— Você sabia disso? — Stephan gritou. — Sabia? Era por isso que você sempre seguia o meu pai por todo o lado, para depois poder contar para o seu irmão?

Na época, ela devia ter se defendido. Talvez se houvesse explicado para ele sua relação com o irmão – ou a falta de relação –, Stephan não iria embora. Ela quase não falou e ele ficou cada vez mais furioso. Gritava perguntas e acusações a que Nicole jamais respondia. Assim que ele levantou o tom de voz, ela se calou, mal sendo capaz de escutar o que Stephan estava dizendo e sequer reparou na longa viagem de táxi no regresso à casa, depois que ele a deixou sozinha no restaurante.

Não era culpa dele. Ele tinha todo o direito de ficar furioso.

Stephan e sua família eram mais vítimas da maldição da família dela. Nada de bom ou saudável durava muito depois que entrava em contato com um Corisi.

Olhando para trás, Nicole quase toleraria as ações de Dominic se tivessem sido para protegê-la. Mas não, Dominic havia comprado e destruído a empresa da família Andrade só porque ele podia, e porque fazendo isso tinha benefícios financeiros. O fato de ter comprado a ilha ancestral da família Andrade quase havia parecido algo rancoroso. Ele começou imediatamente a construir nela um ridículo edifício moderno que acabou sendo capa das principais revistas de arquitetura de todo o mundo e que, definitivamente, acabou com as chances de Nicole emendar a brecha que havia se aberto entre ela e o clã Andrade. Victor aceitou as suas desculpas, mas Nicole recuara, impotente, diante da tristeza dos olhos dele.

Ela jamais voltou a visitá-lo, apesar de ele haver dito que seria sempre bem-vinda. Nicole não podia suportar a culpa e a raiva que sentia sempre que pensava em ver de novo os Andrade. Tê-los perdido era mais uma das muitas razões que tinha para não falar com seu irmão.

O que teria acontecido naquela noite com Stephan se não houvesse aquele telefonema? Teria sido ele o homem com quem ela, finalmente, perderia a virgindade – mais interessado em levá-la para a cama do que em qualquer outra coisa? Ou teria sido como os outros depois dele, que se interessavam por ela apenas porque queriam cair nas graças dos Corisi, e a abandonavam quando descobriam que eles não ligavam a mínima?

A ligação que ela havia sentido com Stephan teria sido real ou o resultado de uma imaginação solitária e hiperativa?

Como muitas outras perguntas com que ela costumava se torturar, também esta era impossível de responder.

A única certeza é que Stephan jamais voltaria a olhá-la como naquela noite, na Lucinda's. O Stephan que a amava não existia mais.

Nicole apagou a luz e ficou deitada imóvel, sob os frescos lençóis de verão. Ela devia, talvez, comprar um cachorro ou um gato, alguma coisa que ajudasse a preencher aquele... vazio.

A energia de Pequim era revigorante. Stephan olhou pela janela de seu quarto de hotel para as ruas cheias de gente, lá embaixo, e percorreu mentalmente a lista de ajustes de última hora que ainda poderia fazer em sua proposta. Tudo estava em seu devido lugar, tal como havia planejado.

O ministro do Comércio recebera sua proposta e a estava discutindo com sua equipe. Suas fontes haviam informado que o recente desaparecimento de Dominic abalara a confiança do ministro na Corisi Enterprises. Stephan não possuía a influência de Dominic, mas havia chegado na hora certa e com uma proposta extremamente tentadora. Na tarde do dia seguinte conversaria de novo com o ministro e sua equipe, e nessa ocasião decidiriam o futuro de todos. Nada o impediria de, finalmente, mostrar para Dominic Corisi exatamente o que alguém sentia ao perder tudo.

O seu telefone vibrou, indicando um novo torpedo. “Boas notícias na família, telefone logo que puder.” Telefonaria, sim, mas só quando também tivesse boas notícias para compartilhar. E tudo indicava que logo as teria.

CINCO

"Uma visitinha rápida."

Nicole entrou na pequena fila de pessoas que estavam se registrando para fazerem o mesmo que ela — olhar através do grosso vidro da janela o berçário da maternidade.

"É natural eu querer ver um bebê que eu mesma ajudei a nascer." Nessa manhã, Nicole não parara de dizer isso a ela mesma enquanto abotoava seu terno de calça e paletó cinza escuro.

O hospital estava movimentado, mas Nicole foi rapidamente chamada para um guichê que acabava de abrir. O dinheiro tinha suas vantagens. Nunca precisar ficar muito tempo numa fila era um exemplo. Ela sabia que suas roupas e limousine lhe davam mais um estatuto de dona do hospital do que de simples visitante.

— Nome, por favor.

— Nicole Corisi. Eu vim para ver o bebê D'Argenson na maternidade.

— É da família?

O coração dela saltou dentro do peito.

— Não.

— Lamento, mas neste momento temos instruções para apenas admitir visitas a pessoas da família.

"Eu sabia. Eu não devia ter vindo."

— Entendo.

A mulher pareceu ficar preocupada.

— Posso telefonar e perguntar para a mãe se ela quer acrescentar seu nome na lista de visitas autorizadas.

Nicole deu um passo atrás.

— Não, não. Não tem problema.

"Foi uma ideia estúpida, evidentemente."

Ela já se voltava para sair quando foi parada por uma enfermeira.

— Nicole?

— Desculpe, nós nos conhecemos? — Nicole olhou o rosto da moça loura buscando alguma pista que a fizesse se lembrar de onde se conheciam.

— Não, mas você é exatamente como Maddy me falou. — Ela apertou calorosamente a mão de Nicole. — Meu nome é Samantha. Você veio visitar o bebê?

— Não. Sim. Bom, eu vim fazer uma visitinha rápida, só para ver como ele está, mas não sou da família, então não posso entrar.

A enfermeira falou para a funcionária do guichê:

— Faça um cartão para ela. É quase família. Ela ajudou o pequeno Joseph a nascer, ontem de noite, e, além disso, é a noiva do primo dele.

Palavras de correção se formaram e se dissolveram na boca de Nicole enquanto a simpática Samantha colocava o cartão de visitante na lapela do seu paletó.

— Eu não devia ter falado aquilo. Eu e Maddy nos conhecemos desde crianças. Ela me contou tudo e eu acho tão romântico você e Stephan estarem noivos em segredo. Mas falar isso para Maddy é como contar para os jornais. Quem é seu médico?

— Meu médico? — "Não, não pode ser o que eu estou pensando."

— Por causa do bebê! Ele também vai nascer aqui? Imagine só como seria incrível, ontem você estava com Maddy enquanto o bebê dela nasceu e ela poderá estar com você quando nascer o seu!

Nicole engoliu em seco. "Sim, incrível!" Até poderia se dizer "impossível", já que há mais de um ano ela não fazia sexo com ninguém. Como Stephan se havia enganado ao dizer que ninguém acreditaria que estavam noivos.

— Eu tenho mais uns minutos de pausa. Ia encontrar os pais de Maddy, mas posso vê-los mais tarde. Venha, vamos visitá-la — disse Samantha.

— Oh, não posso. Eu... eu tenho uma reunião agora. Eu só passei para ver rapidamente o bebê mas foi um erro. Eu preciso ir.

Fingir que era a noiva de Stephan parecia uma coisa fácil, desde que não precisasse olhar no olho das pessoas quando mentia. E, claro, havia aquele pequeno detalhe de Stephan não estar sabendo de nada.

Era melhor ela ir embora antes de...

— Samantha! Nicole! — A mãe de Maddy, Elise, chamava por elas do outro lado do saguão, e não havia como escapar. Ela beijou as duas moças no rosto e segurou uma das mãos de Nicole como se estivesse com medo de ela fugir. — Estou tão feliz em vê-la aqui. Depois de ontem fiquei com medo de ter chateado você.

Nicole não estava acostumada a que pedissem desculpas a ela, e menos ainda a desculpar.

— Está completamente esquecido — Nicole respondeu com delicadeza.

Elise apertou um pouco mais a mão de Nicole e sorriu. Era fácil entender de quem Maddy havia herdado seu charme.

— Eu não devia ter dito aquilo. Obrigada por você entender. Não admira que Victor e Katrine falem tão bem de você. Eles estão vindo hoje para os Estados Unidos. Quando eu contei que você estava aqui, eles a convidaram para jantar com a gente logo mais à noite. Por favor, diga que aceita.

Nicole sentiu sua boca ficar seca.

— Os pais de Stephan estão vindo para cá? Eles sabem...?

— Que vocês estão noivos? Alessandro não conseguiria esconder isso do irmão. Eles ficaram tão felizes com a notícia! Estão tão animados para rever você e para conhecer o novo sobrinho! — Ela se voltou para o marido e pediu: — Alessandro, por favor, pegue os cartões para nós entrarmos.

Ele foi até a fila mas nem precisou esperar. Afinal, havia pago do seu bolso toda uma ala daquele hospital.

Elise deu o braço a Nicole, afetuosa, mas a moça se perguntou o que a mulher faria se ela tentasse se afastar. À primeira vista, Elise parecia uma pessoa dócil, mas Nicole sabia que ela não estava acostumada a enfrentar oposição.

Elise perguntou:

—Você vem com a gente, Samantha?

Samantha olhou para seu relógio e fez uma careta.

— Preciso voltar para o trabalho.

— Você será bem-vinda para jantar.

— Eu gostaria de ir, mas hoje estou de plantão. Por favor, diga a Victor e Katrine que irei visitá-los essa semana.

Elise respondeu:

— Digo, sim. Adeus. — Em seguida se dirigiu a Nicole novamente, perguntando: — Você já viu o pequeno Joseph?

Nicole disse:

— Não, ainda não. Quer dizer que decidiram chamá-lo de Joseph?

Elise revirou os olhos, divertida, e indicou o marido com a cabeça:

— Não aguentaram as lamentações dele.

Alessandro não pareceu ficar ofendido. Ele deu de ombros e explicou:

— Que nome seria mais gozado na escola? Joe ou Larry? — Ele ficou tão perto que Nicole receou ser esmagada por um abraço outra vez. — Nicole, fale para essa mulher que eu estou certo.

Enquanto eles caminhavam pelo corredor em direção ao elevador, Nicole disse:

— Acho que depende do lugar onde você mora. Eu gosto dos dois nomes. Laurent é um nome francês bem comum.

— Muito diplomática — Elise disse. — Nicole sabe muito bem que não devemos interferir no que não é de nossa conta. Ela é uma moça inteligente.

— Não venha me dizer que a minha família não é da minha conta. Meus netos sendo surrados na escola é assunto meu — Alessandro disse, teimoso.

Quando eles entraram no ascensor, Elise soltou o braço dela. Mas segurou as mãos do marido, acalmando a irritação dele apenas com um toque. Depois brincou com Nicole:

— Eu espero que saiba que não vão deixar você escolher os nomes dos seus filhos, Nicole, a menos que escolha nomes italianos. Quando o tema é filhos, os homens Andrade são que nem galinhas com seus franguinhos.

— *Piccola madre gallina*? — Alessandro murmurou para sua esposa.

— *Si*, Alessandro. Você escutou o que eu disse. Você sabe que é verdade. Victor é igual. Dois pais italianos protetores como galinhas, sempre se intrometendo nas vidas de seus filhos. Quando vão aprender?

Alessandro deu de ombros, mostrando que não estava disposto a mudar. Ele piscou para Nicole quando eles estavam saindo do elevador e se dirigindo para a ala da maternidade.

— Eu gosto mais de Joe. Eles podem colocar Joe Laurent se quiserem.

Elise trocou um olhar com Nicole, lhe dizendo sem palavras, "Está vendo seu futuro?" Os nervos fizeram o estômago de Nicole se contorcer. Quanto mais tempo ela passava com eles, mais lembrava o quanto era fácil amar aquela família. E isso não era uma boa ideia, considerando que tudo acabaria quando Stephan descobrisse. Até agora ela não havia mentido mas também não fizera nada para desfazer o mal-entendido. Precisava ver Maddy a sós. Se explicasse toda aquela confusão para Maddy, ela poderia contar para o resto da família e eles iriam entender que não havia sido proposital.

Quando chegaram ao quarto, o pequeno Joseph estava com Maddy. Quase não havia espaço para visitas, no meio da confusão de balões e flores que enchiam todo o ambiente. Elise e Alessandro se revezaram segurando o neto no colo e depois o colocaram nos braços de Nicole. Primeiro, ela recusou, balançando a cabeça:

— Eu nunca segurei um bebê no colo.

Maddy riu.

— Mentira! Você segurou ontem. E eu garanto que é bem mais fácil segurá-lo hoje. Só não esqueça de apoiar a cabeça dele.

Nicole segurou Joseph no colo com todo o cuidado. Na véspera, havia olhado para ele através da névoa da urgência e do pânico. Hoje percebia o quanto ele era pequeno e delicado. Segurou um de seus pequenos dedos, maravilhada. Ele era lindo. Absolutamente lindo. Graças a Deus tudo havia se passado bem. Nicole nem percebeu que estava chorando até que Elise entregou um lenço para ela.

— Ele é tão bonito — ela disse.

A mãe e a avó, orgulhosas, concordaram.

Elise beijou o rosto da filha e falou:

— Eu e seu pai vamos sair um pouco para tomar um café. Nicole fica lhe fazendo companhia. Não vamos demorar.

Depois que eles saíram, Maddy disse:

— Obrigada por ontem. Você foi incrível.

— Não precisa agradecer — Nicole respondeu, sem saber o que mais ela poderia dizer. Entregou o bebê para a mãe.

Maddy ajeitou a touquinha do bebê com uma mão e disse:

— Não, você foi maravilhosa. Serei sempre agradecida por aquilo que você fez.

Incapaz de ficar calada por mais tempo, Nicole puxou o assunto:

— Você precisa parar de dizer para todo mundo que eu e Stephan estamos noivos! Não é verdade. Você não entendeu direito o que escutou ontem.

Maddy sorriu serenamente e respondeu:

— Entendi direito, sim.

Nicole insistiu:

— Não, não entendeu. Fazia anos que eu não via Stephan. Ontem o encontrei e fiz uma proposta completamente insensata que ele, evidentemente, recusou. O que você escutou foi uma parte disso.

Maddy desviou o olhar de seu bebê e perguntou:

— Nicole, você ama meu primo?

"Não!", era o que ela gostaria de dizer, mas quando tentou falar a mentira, descobriu que não era capaz. Maddy sabia. Ela resolveu ser honesta.

— Eu amei seu primo. Mas agora não sei se amo esse homem que ele se tornou.

Maddy balançou a cabeça, concordando:

— Stephan precisa ter você de volta na vida dele. Agora, antes que ele vá longe demais.

Nicole repetiu:

— Longe demais?

Maddy a olhou:

— Já me envolvi nesse assunto mais do que deveria, mas simplesmente não suporto ver Stephan tão infeliz. Tia Katrine sempre fala que ele não é o mesmo depois que perdeu você.

Nicole pensou em Isola Santos e disse:

— Não acho que ele tenha ficado chateado. Nós só saímos uma vez.

De novo confiante, Maddy pediu:

— Você me faz um favor?

"Sim. Não."

Finalmente Nicole respondeu:

— Depende do que for me pedir.

— Não desista de um final feliz ainda.

Isso é uma coisa bem fácil de falar quando se tem tudo.

A garganta de Nicole ficou apertada e seca:

— Para a maioria das pessoas a vida não é um conto de fadas, Maddy. Nem todo mundo consegue aquilo que deseja.

Maddy olhou para o bebê que dormia em seus braços:

— Consegue, sim, se lutar bastante. Ninguém precisa ficar sabendo que vocês não estão noivos de verdade.

— Stephan vai ficar furioso.

— Não importa — Maddy respondeu.

"Não importa." Nicole jamais havia escutado duas palavras tão encorajadoras. Ela passou a vida tentando manter a paz e até onde isso a tinha levado? Seguir as normas não a fez ganhar o amor de seu pai. Não trouxe de volta a mãe dela e não consertou seu relacionamento com o irmão. Sua doçura e honestidade não trouxeram o perdão de Stephan.

Nicole não acreditava que Stephan ainda sentisse alguma coisa por ela, mas Maddy estava certa, precisava lutar por aquilo que queria. Havia aceitado fácil demais a recusa de Stephan em ajudá-la.

"Ele que fique bravo. Ele não quer, mas vai ter que me ajudar a salvar a empresa de meu pai."

Nicole pediu licença a Maddy e saiu para dar um telefonema. Quando teve a certeza de que ninguém poderia ouvi-la, telefonou para um de seus advogados:

— Prepare todos os documentos necessários para Stephan comprar a Corisi Ltda. Não, ele ainda não concordou, mas vai concordar. Eu tenho um plano...

SEIS

Stephan olhou para seu relógio, pela terceira vez desde que soube que Dominic havia chegado a Pequim e seguido direto para uma reunião com o ministro do Comércio. Sua própria reunião com o ministro, nessa mesma manhã, tinha corrido bem, muito bem. Eles discutiram o controle que Stephan estava disposto a ceder para o governo chinês em matéria de censura e distribuição. Para derrotar Dominic, Stephan se dispôs a ceder o controle total.

Seu advogado, Robert Hynes, entrou na sala de reuniões e sua expressão colocou imediatamente Stephan de sobreaviso.

— Você não parece satisfeito — Stephan disse.

— Dominic acaba de oferecer 5% de todos os lucros da Corisi Enterprises para financiar um programa de bolsas de estudo para mulheres das áreas rurais.

Stephan explodiu de raiva:

— E isso fechou o negócio?

— Fechou. O ministro assinou o acordo rapidamente, como se estivesse com medo de que Dominic mudasse de ideia. O que você vai fazer agora?

"Boa pergunta."

Não era fácil pensar quando estava sentindo toda aquela raiva.

Ele perguntou outra vez, seus dentes apertados de fúria:

— Está completamente fechado?

— Completamente. Neste momento estão preparando uma entrevista coletiva para anunciarem o acordo.

— Achei que tínhamos ganhado essa parada.

— E tínhamos, mas essa vitória pode não ser de Dominic. Estão circulando rumores de que Zhang armou para Dominic com essa história do financiamento das bolsas como parte do acordo, não deixando outra chance a ele senão concordar.

Zhang. Ele deveria ter desconfiado que ela estava envolvida em tudo aquilo.

— Eu subestimei o quanto ela queria fazer parte desse acordo — disse Stephan, se recriminando mentalmente por seu erro de avaliação.

— Todos nós erramos. Pelo menos seu investimento nesse negócio foi bem pequeno. Se você agir rápido, ainda pode dominar o mercado dentro de...

— Eu não perdi muito? — protestou Stephan, furioso. — Já imaginou a influência internacional que isso vai dar para Dominic? Para não falar em todo o dinheiro que ele vai ganhar. Perdi minha última chance de reaver Isola Santos.

Robert fez um sinal com a mão, pedindo a Stephan para ficar calmo.

— Não culpe o mensageiro.

O problema não era o mensageiro.

"Droga! Eu devia ter percebido o que estava acontecendo. Como posso ter chegado tão perto da vitória e perder?"

O advogado disse:

— Me recuso a acreditar que você não tem um plano B.

— Sim, tenho. Mas... — Stephan se calou, não querendo dizer mais nada. Apesar do que acabava de acontecer ele ainda não se sentia pronto para ir tão longe.

— É ilegal?

— Isso interessa?

Stephan fez um sinal para sua equipe se preparar para partir. Robert ficou do lado de Stephan e disse:

— Não, desde que você ganhe dinheiro suficiente para que eu o defenda no tribunal.

Stephan riu. Só mesmo Robert para ver em tudo uma oportunidade de negócio.

— Pelo menos você diz as coisas como são.

— Sempre, Stephan, sempre. Vamos sair daqui antes que os jornalistas cheguem.

Quando eles viram Dominic rodeado de sua equipe de segurança, o advogado de Stephan disse:

— Dominic jamais sai de casa sem proteção, não é?

— Ele precisa dela. Não sou o único que quer ver ele cair e nem todos são escrupulosos como eu.

— Você é um modelo de virtude. Sempre disse isso.

— Por que eu ainda aturo você?

— Porque eu sou o melhor e você quer ganhar essa guerra.

— Ah, sim! Quanto dinheiro extra preciso pagar para você ficar calado?

— Mais do que você pode pagar. Olhe, parece que seu amigo Dominic está tendo algum problema.

Era mesmo.

"Por quê?"

O que estava acontecendo do outro lado do saguão parecia importante e Dominic não estava no comando da situação.

— Preciso ver o que está acontecendo — disse Stephan, se afastando do advogado.

— Tenha cuidado, Stephan.

Stephan olhou para trás, por cima do ombro, e zombou:

— Também vai me cobrar por esse conselho?

Robert balançou a cabeça e colocou as mãos nos bolsos, se afastando com um sorriso nos lábios.

— Não, é grátis, mas, se você se enredar no sistema legal chinês, vai custar dinheiro.

Stephan chegou perto de seu rival e entrou na confusão.

— Eu não sei como você faz para, no final, sempre sair ganhando, Corisi. Dessa vez eu achei que o havia derrotado.

Por baixo de seu terno sob medida, os músculos de Dominic se tensionaram.

— Você está por trás de tudo isso, Stephan? — perguntou, ameaçador.

Stephan avaliou rapidamente a energia do grupo. Estudou a postura defensiva de Jake, a desafiadora inclinação da cabeça de Zhang e as lágrimas rolando pelo rosto de Abby. Um sorriso lento e satisfeito se espalhou em seu rosto.

— Eu gostaria de dizer que sou o culpado por tudo que está acontecendo aqui, mas, infelizmente, essa bagunça toda foi você mesmo quem fez. Para um homem que só ganha, você parece estar bem triste. E sua tristeza faz com que minha viagem para cá tenha valido muito a pena.

Dominic deu um passo ameaçador na direção de Stephan, porém Jake intercedeu.

— Nós sabíamos que havia alguém batendo na porta dos fundos. Eu deveria ter adivinhado que era você.

Jake Walton, tão educado quanto Dominic era rude. Stephan duvidava de que Dominic chegasse tão longe sem a ajuda de Walton.

— Não estava sendo fácil ficar longe de seu radar, Walton — admitiu Stephan. E ele acrescentou uma piada que sabia que só aumentaria ainda mais a tensão:

— Saiba que quando quiser deixar a Corisi Enterprises vou querer um homem como você em minha equipe.

— Eu não estou indo a lugar algum — disse Jake, e se postou bem ao lado de Dominic.

Como Dominic conseguia inspirar lealdade em alguém era incompreensível para Stephan, mas talvez isso tivesse mais a ver com dinheiro do que com personalidade.

— Muito comovente — ironizou Stephan. Felizmente, aquilo não era uma visita social; era uma avaliação. Dominic escondia alguma coisa.

Stephan voltou sua atenção para as duas mulheres que estavam na sala. Zhang Yajun, uma das poucas milionárias da China, estava em pé, como um pequeno guerreiro, junto da professorinha amiga de Dominic. Stephan devia ter incluído a proposta de financiamento do programa de bolsas de estudo em sua própria oferta, mas havia subestimado o empenho de Zhang naquele assunto.

— Nem acredito que você conseguiu, Zhang. Esse é o tipo de golpe que contam nos livros de história. Venha jantar comigo um dia desses. Quero conhecer os detalhes do que aconteceu hoje.

Zhang deu a ele uma resposta dura, não deixando dúvidas sobre o que ela pensava a seu respeito.

— Cuidado, Stephan. A água inunda até mesmo o templo do dragão-rei.

Ah, ele quase havia esquecido o seu senso de humor, agora que perdera o contrato. Stephan compartilhou seu sarcasmo com Abby dizendo, como se lhe contasse um segredo:

— Essa é a maneira de Zhang me mandar para o Inferno.

Abby Dartley, a nova conquista de Dominic, era o tema de todas as conversas no mundo todo. Era a primeira vez que ele envolvia uma mulher em seus negócios. E era a oportunidade perfeita para testar os limites e ver exatamente o quanto Dominic era vulnerável no que dizia respeito à sua namorada.

Stephan deu uns passos até ficar bem perto de Abby e lançou-lhe um sorriso, cheio de charme.

— É você a professorinha que colocou Dominic de joelhos?

Abby ignorou a mão que ele estendeu.

— Não sei que jogo você está jogando, mas me deixe fora disso.

Ele a avaliou atentamente, atingindo seu objetivo de atiçar a fúria de Dominic. Ela era linda, mas Stephan preferia mulheres mais altas e mais magras, mais ossudas. Uma imagem de Nicole surgiu em sua cabeça, mas ele a afastou, zangado. Ela não fazia parte de sua vida e não era o momento de se perder em memórias.

A reação de Dominic era risível e Stephan não resistiu à tentação de continuar provocando:

— Suas lágrimas são por Dominic ou por causa dele? — O rugido atrás dele era um aviso, mas Stephan pretendia continuar: — Ele jamais soube como tratar bem uma mulher. No entanto, preciso confessar que até conhecer você nunca me interessei por nenhuma das moças que ele descartou. Todo mundo está comentando. Eu adoraria descobrir se você é mesmo como dizem por aí.

Dominic segurou um dos ombros de Stephan e o fez girar a tempo de encontrar toda a força de seu punho bem no meio do rosto. Stephan cambaleou para trás, sorrindo ao perceber que seu instinto estava certo: Dominic não controlava a situação nem a si próprio.

"Perfeito."

Dominic olhou para Abby.

— Pode parar de dar em cima dele, ele já está indo embora.

Abby respondeu na defensiva:

— Eu não estava...

A risada de escárnio de Stephan congelou a conversa deles.

— Você está ficando mole, Dominic, e isso irá facilitar a sua derrota.

Dominic cruzou os braços:

— Pode rir à vontade, mas, depois de hoje, a Corisi Enterprises fica ainda mais difícil de ferrar. Você está fora de nosso campeonato, Stephan. Agora você não pode nos tocar.

"Não posso?"

O plano B começava a soar cada vez melhor e melhor.

— Não esteja tão certo disso, Dominic.

Dominic o pegou pelas golas do paletó e o puxou para perto de si até que os dois ficaram de narizes colados. A voz de Dominic mostrava uma calma fatal:

— No passado, sempre que eu prejudiquei você, a culpa foi de seu péssimo talento para os negócios. No futuro, será um pouco mais pessoal. — Ele deixou que suas palavras chegassem e penetrassem o fundo da mente de Stephan antes de liberá-lo com um empurrão, que o atirou para longe. — Saia, Stephan, antes que eu pare de me importar que matar você vá afetar este contrato.

"Como ele se atreveu a julgar e destruir a capacidade de meu pai para os negócios? Destruir a vida profissional de um homem não era pessoal? Pegar a ancestral ilha da família era apenas negócio? O que poderia haver de mais pessoal do que isso?"

Um pensamento diabólico surgiu na mente de Stephan, o gênero de pensamento que normalmente seria ignorado, por demasiado terrível, mas que nascia no calor do momento.

"Você quer que seja pessoal? Que tal se eu dormir com a sua irmã?"

Não interessava que seu noivado com Nicole fosse falso – a notícia manteria Dominic tão furioso que ele não prestaria atenção ao que realmente importava. Sequer entenderia o que estava acontecendo quando seus novos servidores falhassem, falhassem, falhassem, até o governo chinês perder a paciência e cancelar o contrato.

Ele só precisava dizer a Nicole que havia mudado de ideia. Que estava disposto a ajudá-la.

"Ah, sim! Isso vai se tornar bem pessoal."

Stephan disse:

— Ninguém é intocável, Dominic. Duvido que você seja tão presunçoso da próxima vez que nos encontrarmos.

Dominic fez um pequeno sinal com a cabeça para seus seguranças.

Stephan fez uma saudação sarcástica, se juntou a seu grupo e deixou a sala.

"Deixa o Dominic pensar que ganhou, por agora."

Stephan entrou sozinho em uma limousine, sua equipe se distribuiu pelos outros carros. Então, telefonou para um número que jamais pensou em chamar. O número de um celular descartável e indetectável.

— Mike! Mudei de ideia. Faça isso.

Ele leu o código de segurança escrito em um papelzinho que mantinha escondido em sua carteira. Estava feito. A sorte de Dominic estava traçada.

Surpreendentemente, esse pensamento não lhe deu prazer algum.

Stephan desligou e digitou o número do celular de seu pai. Quem sabe ele poderia dar alguma boa notícia.

SETE

Mesmo através da porta fechada, Nicole podia ouvir as vozes dentro da enorme mansão. A casa de Elise e Alessandro ficava no topo de uma pequena colina com vista para o lago, como uma mansão de Newport, mas de arquitetura mais contemporânea. Só uma família como aquela podia ser dona de uma propriedade de cento e cinquenta mil metros quadrados e enfeitar o enorme relvado com uma grande variedade de triciclos e máquinas de ginástica. Nicole levantou a mão para tocar a campainha, mas a porta se abriu antes de chegar a fazer isso. Um menino de cinco anos passou por ela correndo e desceu os degraus. A mãe dele segurava um bebê nos braços. Ela apontou para o pequeno fugitivo:

— Pode agarrá-lo, por favor?

Primeiro Nicole olhou para os sapatos Christian Louboutin da moça, pretos e com tira no calcanhar, e para suas calças creme, e depois olhou para o menino que parecia ter brincado com as mãos na lama. Todas as famílias que ela conhecia tinham babás, mas os Andrade não gostavam delas.

O menino estava parado, porém pronto para correr, apenas a quatro passos dela.

— Agarrá-lo? — perguntou Nicole, sem imaginar direito como poderia fazer isso.

A mãe confirmou:

— Pegue-o. Agarre-o. Puxe-o. Leve-o ao banheiro. Ele não quer lavar as mãos antes do jantar.

O menino mostrou a língua para Nicole e correu em volta da casa.

"Ah, o pirralho!"

Nicole descalçou os sapatos e correu atrás dele.

Ela o perseguiu em volta de dois carros estacionados, mas ele se esgueirou e fugiu pelo gramado inclinado. Os dois corriam com velocidade quando o menino tropeçou e rolou pelo chão. Nicole tentou frear para evitar pisá-lo mas também acabou caindo. Os dois rolaram pela grama alta de verão antes de pararem na base da pequena colina. O menino se levantou primeiro e ficou olhando para ela, acusador:

— Você quase rolou por cima de mim.

Nicole tentou manter uma cara séria:

— Me desculpe.

Ele levantou o queixo, desafiador:

— Eu não vou lavar minhas mãos com o sabonete da Tia 'Lise. Não quero ficar com cheiro de menina.

— Então eu vou levar você na marra — respondeu Nicole com calma, como se estivesse falando sozinha.

O menino inclinou a cabeça para um lado, avaliando o que ela havia dito.

— Você é engraçada — ele decidiu, e estendeu a ela uma de suas mãozinhas enlameadas. Nicole deixou ele acreditar que a estava ajudando a levantar do chão. O menino acrescentou:

— É rápida, também.

Nicole sorriu:

— Quem diria! — Ela continuou segurando a mão do menino. Não ia deixar ele escapar outra vez. — Vamos entrar. Sua mãe deve estar preocupada.

— Eu não...

Nicole sugeriu:

— E se nós procurarmos um sabonete de homem? Eu aposto que Tio Alessandro também não gosta de cheirar como menina.

Elise apareceu na porta dos fundos da mansão e apontou um dedo para seu sobrinho:

— Matteo, venha já para dentro. Olhe como você sujou as calças da Nicole!

Nicole olhou para o menino e depois para Elise e tomou uma decisão rápida:

— Não é culpa dele. Eu caí colina abaixo quando corria. Matteo me ajudou a levantar.

Elise balançou a cabeça, concordando.

— Bom, Matt, que sorte que você estava lá para ajudar a Nicole. Agora vamos nos lavar.

Matteo olhou para cima com olhos suplicantes. Nicole perguntou:

— Elise, você tem sabão neutro? É que eu sou alérgica a sabonete perfumado.

Elise levantou uma sobrancelha para Nicole, surpresa, mas a moça apenas deu de ombros.

— Tenho, claro — a anfitriã disse. — Venha comigo.

Matteo disse:

— Desculpe pela sua calça, Nicole.

— Tudo bem, não se preocupe. — E estava mesmo tudo bem. Ela olhou para as manchas no seu joelho esquerdo e pensou que aquela aventura seria contada e recontada como uma das novas histórias da família Andrade, e ela se orgulhava disso.

Matteo propôs:

— Vamos apostar uma corrida mais tarde?

Nicole percebeu que era ele quem segurava a mão dela, e não o contrário, e seu coração deu um salto bem peculiar dentro do peito.

— Vamos, sim.

E eles entraram juntos naquela casa cheia de gente.

Victor Andrade tocou o braço da esposa e ficou de pé quando Nicole entrou na casa. A moça se sentiu gelar, e nem se deu conta quando alguém pegou a mão de Matteo e levou o menino para se lavar.

— Nicole, você veio! — disse Victor, com um tom de voz acolhedor que ela jamais escutara de seu próprio pai.

Katrine a beijou no rosto e lhe deu um abraço como uma mãe que não vê a filha há muito tempo. Nicole deu um passo para trás e quase caiu. Katrine segurou o braço dela no último momento.

— Que bom ver você, Nicole.

O pai de Stephan se aproximou e a moça ficou tensa, antecipando a sensação de mais um abraço. Mas, em vez disso, ele apenas acariciou o seu rosto.

— Meu filho precisou de sete anos para ganhar juízo.

Nicole não era capaz de olhar Victor nos olhos.

— A raiva dele era justificada. Eu...

Victor deixou cair a mão e apertou a mandíbula, sua voz saiu cheia de emoção:

— Você não fez nada de errado.

Nicole se encolheu um pouco, mas nem ela percebeu.

Katrine disse:

— Victor, você está assustando a moça. Nicole, não ligue para o mau humor do meu marido, ele está chateado com ele mesmo, não com você. Nós ficamos superfelizes em saber que você e Stephan voltaram.

Então ela ofereceu o braço a Nicole e disse:

— Venha, Elise está na cozinha e passou o dia falando de você. Ela está encantada por tê-la aqui.

Nicole se deixou levar. Para sua surpresa, Elise estava cozinhando. A enorme cozinha tinha vários fogões e equipamentos de aquecimento em uma ilha central. Tudo parecia estar sendo utilizado. Aparentemente, Nicole não conseguiu esconder bem sua surpresa porque Elise perguntou:

— Você cozinha, Nicole?

Uma vez mais, a moça se sentiu uma estranha despreparada. Balançou a cabeça, em negação. Também não conhecia ninguém que cozinhasse. As pessoas que ela visitava tinham cozinheiras. Achavam que cozinhar fazia bagunça e, além disso, era uma verdadeira perda de tempo.

Elise perguntou:

— Você nunca cozinhou com sua mãe?

Katrine a corrigiu rapidamente:

— Elise, você sabe...

A mulher corou e foi correndo para junto de Nicole:

— Eu esqueci, Nicole. Você deve estar pensando que eu sou uma pessoa horrível. Sempre digo as coisas erradas para você, quando a única coisa que quero é que se sinta bem-vinda.

Não havia como duvidar da sinceridade dela. Nicole disse:

— Eu me sinto muito bem-vinda e, por favor, não se preocupe. Não teria vindo se não gostasse da companhia de vocês.

Katrine disse:

— Ela não é mesmo como eu havia dito? É tudo aquilo de que Stephan precisa.

Dessa vez foi Nicole que corou.

Percebendo que a moça se sentia um pouco desconfortável por ser o tópico central das conversas, Elise respondeu às perguntas que Nicole não fez.

— Você deve estar se perguntando por que nós não temos uma cozinheira, não é? Normalmente temos. Quando apenas eu e Alessandro estamos em casa, nossa cozinheira faz a comida. E Richard cozinha no domingo. Mas hoje é um dia especial. Quando a família se reúne, a comida é uma parte do nosso amor, não é?

Nicole deu de ombros, sem jeito.

Elise explicou:

— O molho é uma receita da minha mãe. As almôndegas são receita da mãe de Alessandro. Katrine fez o pão norueguês e vamos comer tudo junto. Quando nós misturamos nossa comida, também misturamos nossas famílias e as receitas antigas mantêm essas pessoas vivas em nossos corações. Você entende?

Não valia a pena mentir:

— Não, não entendo, mas acho lindo.

Katrine disse:

— Não se preocupe, Nicole. Eu não sabia cozinhar pratos italianos antes de casar com Victor. Elise me ensinou tudo o que sei.

Nicole andou em torno da cozinha, espiando dentro de várias panelas.

Katrine acrescentou, sorrindo:

— Então, ou você nos ajuda a cozinhar ou lava a louça.

Nicole se virou de olhos arregalados, e Elise gargalhou:

— Você está sendo cruel, Katrine. Nós temos empregados. Ela está de gozação com você.

Endireitando os ombros, Nicole se decidiu a aceitar o desafio. Afinal, fora capaz de ajudar um bebê a nascer! Cozinhar não podia ser tão difícil, podia? Ela tirou seu paletó creme e enrolou as mangas da blusa.

— Ok, por onde começo?

Katrine e Elise trocaram um significativo olhar de aprovação.

Elise falou:

— Só falta a sobremesa. No verão nós sempre fazemos uma *crostata* de frutas, é uma espécie de torta. Victor e Alessandro adoram. — Elise apontou uma taça com pêssegos e ameixas e disse: — Você pode descascar as frutas enquanto eu faço a massa. Depois pode pegar as amoras que estão na geladeira e lavá-las.

Seguindo as instruções que haviam dado a ela, Nicole perguntou:

— Então, todo mundo vem jantar para comemorar o nascimento do novo membro da família? Pena que Richard e Maddy não estão aqui.

Elise se aproximou e deu um tapinha no ombro de Nicole:

— Nós vamos celebrar o nascimento de Joseph na próxima semana, quando ele tiver saído do hospital e Stephan voltar para casa. O jantar de hoje é sobre outra coisa.

Nicole olhou assustada para Elise e depois para Katrine.

Katrine disse:

— O jantar de hoje é para você, Nicole. Bem-vinda à nossa família.

Nicole jamais havia se sentindo tão bem e tão mal ao mesmo tempo.

No meio daquela refeição que juntava três gerações de Andrade em torno da mesa, o celular de Victor tocou. Ele levantou a mão e todos se calaram.

— É o Stephan.

Por um momento ele escutou o que o filho lhe dizia:

— Sim, eu sei, já saiu nas notícias que Dominic ganhou o contrato, mas tudo bem, Stephan. Me surpreende que você tenha viajado para a China. Por quê? Estou olhando nesse momento para o porquê. Nicole está aqui conosco. Está na hora de você voltar para casa e focar no que é realmente importante. — O rosto de Victor ficou vermelho de raiva. — Do que estou falando? Estou falando dessa loucura toda com Nicole. Você a colocou em uma posição delicada com essa relação secreta de vocês. Ela merece bem mais do que isso. Meu futuro neto merece bem mais do que isso.

Victor balançou a cabeça respondendo a alguma coisa que Stephan dizia.

— E que história é essa de você comprar a Corisi Ltda. sem falar nada para mim? É a coisa certa, sim, mas por que tanto segredo? — Victor nem deu tempo para Stephan se explicar e continuou falando: — Você tem razão, vamos falar sobre o assunto quando você estiver em casa. Pode ter certeza. E não demore na China. Tem um novo primo esperando por você. Oh, sim, e você tem sorte porque tudo correu bem com o nascimento do bebê, caso contrário precisaria se esconder de Richard bem longe na Ásia. Maddy teve o bebê na noite em que você viajou. Graças a Deus Nicole estava com ela. Você devia ter se certificado de que ela chegaria em casa em segurança.

A resposta de Stephan acalmou seu pai. Victor falou fazendo uma de suas mãos dar voltas no ar, enfatizando o que estava dizendo:

— Ela está ótima! Todo mundo está ótimo. Sua Nicole tomou conta de Maddy. Eu não gostei dos detalhes, mas estou gostando de saber que, finalmente, você tomou juízo e a pediu em casamento. — Nicole prendeu a respiração. — Por fim você teve uma boa ideia! Aqui está ela.

Ouvir um influente empresário ser repreendido por seu pai como se fosse um menino de doze anos era bem divertido, mas Nicole sabia que, a essa altura, Stephan devia estar furioso com ela. A moça pegou o celular de Victor e o colocou junto da orelha, tendo o cuidado de não deixar que sua expressão mostrasse o que se passava.

— Oi, amor! — ela disse, meio tensa, com uma gargalhada nervosa.

— Qual parte do não você não entendeu?

— Também estou com saudade, amor, mas não estamos sozinhos. Toda sua família está aqui na sala comigo.

— Tenha muito cuidado com minha família, Nicole. Muito cuidado.

— Ah, não se preocupe. Eles estão muito felizes com a novidade.

— Aparentemente. — Ele ficou em silêncio por tanto tempo que Nicole pensou que a ligação havia caído. Quando voltou a falar todo o sarcasmo havia desaparecido de sua voz:
— Você ajudou mesmo Maddy?

— Não tive outra opção. Ela decidiu ter o bebê no banco de trás de minha limousine.

Ele pareceu abalado.

— E eles estão realmente bem? — Sua preocupação com a prima era comovente.

— Sim, estão. Sua família está planejando uma festa para o pequeno Joseph ainda essa semana. Você já estará aqui na ocasião? — a voz de Nicole soava mais nervosa do que ela gostaria.

— Está preocupada que descubram sua mentira?

— Nem um pouco.

— Você parece confiante.

— Sim. Acho que agora você está um pouquinho agradecido — disse ela.

— Sim, é verdade.

Nicole se sentou.

— Está? Você vai me ajudar?

— Considerando o que aconteceu, é o mínimo que posso fazer.

— Ah, Stephan, obrigada. — Espera, aquilo estava sendo fácil demais — Você não se importa mesmo que todo mundo pense... Eu quero dizer... Que todo mundo saiba que estamos noivos? — Várias cabeças se voltaram na direção de Nicole, lembrando que ela precisava ter cuidado com o que dizia.

— Não, acho até que sua ideia tem... benefícios potenciais.

"Sexo?", Nicole engoliu a pergunta a tempo. Uma porção de olhos e ouvidos continuavam atentos à conversa.

— Não estou entendendo bem aonde você quer chegar.

— Você vai entender — ele respondeu em um tom bem sugestivo.

Nicole desligou e entregou o celular para Victor. Ela concluiu:

— Stephan está voltando.

Alessandro comentou:

— Você deve estar muito feliz.

Concordando levemente com a cabeça, Nicole segurou o garfo e cutucou a comida que, de repente, tinha perdido seu apelo.

Stephan estava de volta em sua vida.

OITO

"Eu não poderia ter planejado melhor."

Nicole podia estar enganando a família dele, mas não era tão inocente como fingia ser. Stephan ainda não entendia como Nicole e Maddy tinham acabado dentro da mesma limousine, e, embora se sentisse grato por Maddy não estar sozinha no momento do parto, isso não mudava o que obviamente havia acontecido depois. Nicole aproveitara esse acontecimento para se infiltrar na sua família e dar credibilidade a toda aquela história do noivado. Ela não se importava com o fato de a família ficar devastada quando ela fosse embora. A única coisa que lhe interessava era manter o controle sobre a empresa do pai e isso provava que ela era tão gananciosa e sem escrúpulos quanto o irmão.

"Isso é bom, de outra maneira eu sentiria remorso por a estar usando."

O falso noivado significava que iam se ver muitas vezes durante o próximo mês. "Ah, sim!" Esse pensamento causou uma ereção imediata. Certo, ela o havia insultado e também havia dito que só queria a ajuda dele, mas o calor nos olhos dela quando cruzavam com os seus havia revelado o segredo.

"Ela quer tanto quanto eu."

Por que não usar essa oportunidade para, finalmente, tirá-la de jogo? Se ele fizesse tudo certo, em breve poderia se livrar de dois Corisi sabendo que eles haviam recebido exatamente o que mereciam.

Nicole não era como outras mulheres que ele conhecia. Não havia elogios ou presentes que pudessem fazer com que ela baixasse sua defesa. Era como conquistar uma fortaleza bem protegida, requeria uma boa estratégia.

Todo mundo tem um ponto fraco, um segredo, uma motivação inexplorada – algo que inconscientemente guia nossas decisões cotidianas. Você pode conseguir que os outros façam o que você quer se descobrir o ponto fraco deles.

"Preciso lembrar de alguma coisa útil."

Nicole gostava de rotinas. O terno conservador que ela usava todo dia e o fato de ela não conseguir se concentrar se o grampeador não estava no lugar certo da mesa mostravam que era uma mulher de hábitos.

Tal como Dominic, provavelmente também era impulsiva quando não estava no controle da situação. Tudo o que ele precisava fazer era mexer um pouco com ela para fazê-la cair em sua cama.

E sabia muito bem como realizar isso.

Nicole já havia acordado e vestido um terno cinza, como de costume, quando tocou o interfone da casa de seu pai, nos Hamptons. Há mais de um ano eles não tinham empregados porque o pai não queria que pessoas de fora da família testemunhassem o declínio de sua saúde.

— DA Mudanças e Armazenamento.

— Quem?

— DA Mudanças e Armazenamento.

Nicole ligou a câmera de vigilância da calçada. O homem que falava para o intercomunicador parecia mesmo trabalhar com mudanças. A logomarca em seu uniforme era igual à do caminhão atrás dele.

— Lamento, o senhor deve estar com o endereço errado.

— Nos avisaram que reagiria assim, Senhorita Corisi. Fomos enviados por seu noivo.

— Peço desculpa pela confusão, mas ele não devia ter mandado vocês virem até aqui. Eu não vou a lugar nenhum.

O homem limpou a testa com a manga.

— Ele também disse que você diria isso. Quer que ele cancele a reunião com seu advogado?

"Serviço ameaçador. Que simpático!"

— Eu não sabia que o pessoal das mudanças tinha tanta verbosidade.

— Bom, ele nos pagou um extra para transmitirmos essas mensagens — o homem explicou, se desculpando.

"Ah, não quero nem saber!"

O importante é que Stephan concordava em ajudá-la. Ela apertou o botão que abria o grande portão, no final do jardim.

Os dois carregadores ficaram parados na porta, como se não quisessem sujar o chão de mármore branco, os olhos presos na demonstração de riqueza do pai dela. Tudo ali era antigo e valioso, e por isso era exibido.

Nicole retrucou:

— Entrem, vamos. Que mais o meu noivo disse?

Os dois homens entraram na casa, bem devagar. Um deles tirou o chapéu, como se o grande hall merecesse um sinal de respeito.

— Também disse que você não precisa levar tudo, apenas aquilo de que vai precisar agora.

— O que isso quer dizer? — Ela perguntou, sem esconder sua irritação.

— Não sei, senhora. Nós estamos aqui apenas para levar o que você quiser.

— Ele não tem esse direito!

Um dos homens se assustou com o tom de voz dela e quase quebrou um vaso romano com mais de dois mil anos.

— Cuidado! — Nicole disse automaticamente. — Isso era do meu pai... — Então, ela parou. Tudo era do pai dela. Tudo naquela casa era dele e servia apenas para exibir. Ele pagou alguém para decorar as salas apenas com as peças mais raras e caras do mundo, nunca permitindo que aquela casa fosse um verdadeiro lar. E aquele vaso romano? Ela jamais tocou nele, porque o pai jamais permitiria.

Ela pegou o vaso e o jogou no chão, quebrando-o. Pedaços de porcelana voaram em todas as direções. Nicole gostou de fazer aquilo. Foi até a lareira, pegou as estatuetas gregas de Cíclades e quebrou uma a uma no chão, junto com a foto do pai apertando a mão do presidente de algum país estrangeiro — naquela moldura devia estar uma foto dela, recebendo um de seus primeiros prêmios de dança. No entanto, essas fotos haviam sido jogadas no lixo, o pai não via nelas valor suficiente para serem mostradas.

— Você está bem? — perguntou um dos homens.

— Estou ótima! — Nicole precisou se controlar para não seguir quebrando estatuetas valiosíssimas. Os dois homens não escondiam a surpresa diante dessa demonstração de instabilidade emocional.

"É mesmo um momento superdesconfortável quando você percebe que há um maluco na sala, principalmente se esse maluco é você." Nicole deixou cair as mãos ao longo do corpo e se controlou.

— O que a senhorita quer que a gente leve? — um dos homens perguntou, nervoso.

Ela olhou em volta.

— Nada. Eu não quero nada daqui. — Ela se dirigiu à porta principal, saindo daquela casa.

No caminho para a cobertura de Stephan, Jeff, o motorista, baixou a divisória de vidro para perguntar:

— Você realmente não está levando nada?

— Nada.

— Nem mesmo uma necessaire?

— Já falei, não existe nada naquela casa que eu queira.

— Mas provavelmente vai querer uma escova de dentes. — Quando ela olhou para ele, Jeff se corrigiu: — Eu acho.

As palavras dele pareceram acordá-la.

— Provavelmente vou querer uma escova de dentes, sim. — Ela riu, não porque fosse engraçado, mas porque sua vida estava completamente fora de controle e ela não tinha a mínima ideia de como poderia colocá-la no lugar certo. Ela sequer conseguia tomar a menor das decisões e pensar no que iria precisar na casa de Stephan.

— Eu não sei o que fazer — ela disse em voz alta.

— Você não tem milhões de dólares? — Jeff perguntou.

Nicole deu de ombros. O pai sempre havia dado a ela uma pequena mesada. Havia regras a cumprir e aparências a manter. O dinheiro jamais deu a Nicole a liberdade que as pessoas imaginavam.

Jeff continuou a falar:

— Compre uma escova de dentes nova. Compre uma em ouro. Compre tudo o que você quiser.

Estava sendo um pouco abusado. Mas estava certo.

O pai dela já não está por perto para impedir. Ela lutava pelo controle da empresa, mas já tinha controle sobre sua própria conta bancária. Poderia comprar um suprimento vitalício de escovas de dentes, se tivesse vontade.

Só havia um problema:

— Onde se compra, Jeff?

— Uma escova de dentes? — A surpresa dele era sincera.

Nicole se colocou imediatamente na defensiva e retrucou:

— Eu não sou boba. Eu sei que a gente compra na farmácia ou um lugar assim. Só que eu nunca...

— Nunca?

Era embaraçoso admitir a verdade.

— As coisas básicas sempre estão lá. Nossos empregados compram. Jamais precisei fazer compras. Tudo era entregue em nossa casa.

— Isso explica muita coisa.

— O que você está querendo dizer com isso?

— Você gosta da roupa que usa?

Nicole olhou para si mesma:

— Nunca pensei muito sobre isso. Eu sempre me vesti para...

— Ficar invisível?

Nicole respondeu, com raiva:

— Eu não preciso ser julgada por você.

— Estou apenas dizendo que eu entendo. — Jeff não pareceu nem um pouco impressionado com a sua raiva.

— Duvido que você entenda alguma coisa sobre mim.

Os olhos dele encontram os dela por um momento no espelho retrovisor.

— Eu sei que seu pai era um homem controlador e violento. Sei que sua mãe abandonou a família, ou morreu, ou as duas coisas, quando você tinha treze anos. Seu irmão se desentendeu com seu pai por causa do desaparecimento de sua mãe e também abandonou você, e ficou metido numa guerra pública com seu pai até o dia que ele morreu.

— Ok, chega. Já entendi que minha vida privada não é tão privada assim. E então, o que você está querendo me dizer? — "Sério, este dia pode ficar ainda pior?"

A compreensão nos olhos de Jeff só fez Nicole se sentir mais infeliz. Ele disse:

— Você não é a única pessoa que experimentou situações de violência e perda. Você deveria falar com alguém sobre isso.

— Com um analista? Ou com motoristas intrometidos?

Ele deu de ombros.

— Tanto faz. Os dois. Eu só não posso ficar aqui sentado assistindo você desmoronar sem dizer que é uma coisa normal. Você sobreviveu a seu pai violento e agora chegou a parte mais difícil.

Nicole não encorajava Jeff, mas ele parecia não precisar disso.

— Agora você precisa descobrir quem é você sem seu pai.

"E se eu não for ninguém?"

— E eu faço isso comprando minha própria escova de dentes?

— É um começo. Depois você precisa fazer alguma coisa com suas roupas. Você sempre parece uma bibliotecária rica.

"Cruel!"

— Ah! Você sabe como levantar o ego de uma mulher. A maioria dos motoristas se preocupa mais com o trânsito do que com as roupas de seus patrões.

— O que você vai fazer? Me demitir? Você sequer paga bem.

— Não?

— Não, nada mesmo, e seu pai também nunca pagou bem.

"Vou acrescentar essa culpa em minha lista."

— Então, por que seu pai continuou trabalhando aqui?

— Porque ele gosta de você. Ele sempre diz que você é uma flor no meio de um espinheiro: não é culpa sua e é quase impossível de se salvar.

Era assim que as pessoas olhavam para ela? Como uma vítima indefesa? Alguém que estava precisando ser salva? Não admirava que ela estivesse sozinha.

— Eu não quero continuar sendo essa pessoa, Jeff. — Ela finalmente entendeu o quanto queria mudar.

— Você é jovem, é linda, é rica. O que a está freando?

Um enorme peso saiu de cima do peito dela. Nada a estava freando. Absolutamente nada.

— Então, onde as pessoas vão fazer compras quando elas não querem continuar parecendo bibliotecárias?

— Quando elas têm um cartão de crédito que nem o seu, elas podem ir *aonde quiserem*.

* * *

Ao mesmo tempo exausta e feliz, Nicole entrou na cobertura de Stephan carregando um monte de sacolas. Sentia-se vários anos mais jovem em seu vestido Oscar de La Renta azul com bolinhas. Ela se acostumara a esconder os ombros, por eles mostrarem demasiado os ossos, mas dessa vez não tinha feito isso. Quando entrava no edifício alguns homens se voltaram para darem a ela uma segunda olhada. O coração de Nicole pulou e ela se perguntou se o novo look teria o mesmo efeito em Stephan.

Ela olhou para Jeff, que quase desaparecera sob o monte de sacolas que carregava.

— Você acredita em finais felizes?

— Do tipo foram-felizes-para-sempre?

— Isso.

— Isso não existe, Nicole. A vida não para no ponto em que os livros acabam.

— Mas algumas pessoas encontram o amor e ficam juntas por toda a vida. Um amor assim é possível, certo?

— Meus pais estão casados há quarenta anos. É isso que eles estão celebrando nessas férias prolongadas de verão. Meu pai ainda ri com o humor da minha mãe. Então, sim, acho que é possível.

— Como você acha que eles conseguem?

— Por que você quer saber, Nicole?

— Eu e Stephan já tivemos uma atração muito grande.

— E agora?

— Quero acreditar que ainda é possível que isso volte a acontecer, mas os homens sempre me abandonam, Jeff. Por que eles fazem isso?

— O que você acha, Nicole?

Nicole deu de ombros, impotente.

Jeff colocou as sacolas no chão e disse:

— Escute, eu não conheço sua história com os homens. — Nicole abriu a boca e estava preparava para lhe contar mas ele levantou uma mão e acrescentou rapidamente: — E não preciso conhecer. Mas, pelo que sei de Stephan, sugiro que você não se jogue nos braços dele. Ele não tem respeito por aquilo que consegue fácil.

Nicole mordeu o lábio inferior.

— Ele pode nem estar interessado.

— Ele trouxe você para morar na sua cobertura. Ele está interessado. Você só precisa ir com cuidado.

A cobertura de Stephan era uma decepção. Certo, ficar perto de Central Park devia ter custado bem mais de vinte milhões e o interior era moderno e de bom gosto, mas lembrava a Nicole a desolada casa de onde ela vinha.

Onde estavam as fotos de família? Cada objeto havia sido colocado em perfeito equilíbrio com toda a sala. Ela esperava encontrar alguma coisa do antigo Stephan dentro daquelas paredes. Nada.

Um passeio por todas as salas não fez Nicole se sentir melhor. Ela voltou para encontrar Jeff no salão, sentado em um sofá branco de linhas modernas, que não parecia nem um pouco confortável. "Igualzinho à casa de meu pai, tudo é para exibir."

— A cobertura tem apenas um quarto. Onde ele está pensando que eu vou dormir? — Nicole perguntou, falando mais para ela própria do que para o motorista.

Jeff revirou os olhos.

"Então, você está achando que vai ser fácil, Stephan? Você me traz para cá, se diverte durante umas semanas, depois me joga fora como fez com todas as outras mulheres? Acho que está enganado!”

Ela caminhou até a porta da sala onde Stephan tinha o escritório e a abriu.

— Você ainda tem o número daquela empresa de mudanças, Jeff? Eu não acabei minhas compras.

NOVE

Era óbvio que ela não tinha escutado ele entrar. Estava em pé, em cima de uma cadeira, tentando pregar um prego com o fino salto de seu sapato. A visão dos ombros nus dela, de seu cabelo solto pelas costas, sobre o vestido de verão verde-oliva, era tão simples e ao mesmo tempo tão sexy que dava água na boca. E completamente inesperada.

"O que ela está fazendo?"

Os seus estreitos quadris balançavam ao som da música que enchia a cobertura. Ele precisava dizer alguma coisa. De fato, quanto mais tempo ficava em silêncio, mais sua imaginação desenhava ideias sobre as várias maneiras de despir-lhe o vestido.

Ele caminhou pela sala e desligou o aparelho de som.

Nicole deu um salto, quase caindo da cadeira. Ele a segurou a tempo, apertando-a contra seu corpo e deixando que os seus pés descalços deslizassem lentamente até o chão. Ele podia tê-la soltado, mas quando Nicole olhou para cima, Stephan viu uma recordação refletida em seus olhos — uma recordação de outro tempo e de outro lugar em que ele a havia agarrado assim, bem junto de seu corpo.

— Achei que você só chegaria em casa amanhã — ela confessou, quase sem ar.

— Viajei antes do esperado.

— Fiz algumas mudanças, espero que não se importe.

Ela se referia à sala em que eles estavam, como se Stephan, ao entrar, não tivesse visto mais nada senão ela. Ele não a via com os cabelos soltos e usando um vestido desde...

— Não, não me importo — disse ele, enquanto suas mãos pousavam naturalmente na cintura dela e a puxavam ainda mais contra seu corpo, sem se preocupar se ela notava o que a proximidade estava provocando no corpo dele.

A aceitação de Nicole era excitante, apesar de Stephan se sentir um pouco decepcionado por a caçada haver terminado mesmo antes de começar. Ela estava ali, nos braços dele, os mamilos entumescidos contra o fino tecido de algodão do vestido, desejando a atenção dele. As próximas semanas iriam ser bastante cansativas mas, ah!, muito prazerosas também.

Ele se inclinou para tomar-lhe os lábios, mas a moça desviou o rosto e ele beijou sua face e não sua boca. Stephan recuou e fez uma careta. Desde a terceira série, quando sua primeira paixão por uma menina não fora correspondida, ele não era vítima de uma recusa daquelas.

Stephan não gostou nada. Nicole se liberou dos seus braços e se distanciou um pouco.

— Stephan, acho boa ideia discutirmos algumas regras básicas.

— Regras básicas? — ele repetiu.

— Sim, para não haver confusões.

— Eu não estou confuso. — Ele se aproximou.

Ela se afastou outra vez:

— Nosso acordo é estritamente comercial.

— Mas não precisa ser.

— Estou aqui apenas para salvar a empresa do meu pai. Em alguns meses nossas vidas estarão de novo separadas.

— Mais uma razão para aproveitarmos esse tempo juntos.

— Eu não concordo, e por isso transformei seu escritório em um outro quarto.

"Meu escritório?"

Ele caminhou até a porta daquela sala onde, normalmente, proibia que outras pessoas entrassem, e que jamais estava com a porta aberta. Nossa! Os móveis de escritório pretos e cinza foram substituídos por uma explosão de branco e lavanda, bem feminino. De um lado da sala, onde costumava ficar a mesa de trabalho, estava agora uma cama. Ela até tinha mandado pintar as paredes de branco, com uma tira de flores junto dos rodapés.

— Que diabo você fez com minhas coisas? — ele gritou.

Nicole não pareceu se intimidar.

— Tudo o que parecia importante foi embalado e enviado para seu escritório principal. As outras coisas foram armazenadas. Não foi para isso que você mandou a empresa de mudanças? Para eu me sentir em casa? — O seu tom inocente parecia um pouco calculado.

Ele subestimara Nicole e isso era incrivelmente sexy. A excitação fazia o sangue dele correr mais rápido e levou para bem longe a irritação que sentia minutos antes. Ele estava com vontade de arrancar o vestido dela e provar o seu gosto ali mesmo sobre aqueles lençóis novos.

— Quanto tempo você acha que vai dormir aqui? — ele ronronou.

Em vez de fingir que não havia entendido ou de recuar, Nicole o surpreendeu se aproximando mais. Ela parou antes de seus corpos se tocarem. Perto o suficiente para ele poder sentir o calor da pele dela. Quase em um sussurro ela disse:

— Se você quer dormir comigo, Stephan, você precisa de bem mais do que essas frases baratas. De fato, você vai precisar fazer uma coisa que sequer é possível.

Só um grande controle de sua vontade o impediu de colar o corpo dela no seu. Por um momento, a mútua atração fez o tempo passar mais devagar e tudo em volta desaparecer, como se só eles dois existissem. Ela levantou uma mão e todo o corpo dele se retesou, na expectativa da carícia que ela faria.

Céus! Ele a desejava. Estava pronto para prometer tudo o que fosse necessário para levá-la para sua cama. O tapinha brincalhão que Nicole deu no rosto dele o apanhou completamente desprevenido.

— Vai precisar me fazer gostar de você — ela disse, empurrando um atordoado Stephan para fora de seu quarto e fechando a porta.

Nicole apoiou as costas contra a parede e deixou escapar um suspiro. A cara chocada de Stephan era inesquecível. Ele não estava acostumado a levar foras. O seu ego precisava ser posto em ordem.

Jogar duro com ele lhes daria o tempo necessário para redescobrirem sua antiga paixão ou ele perderia o interesse e voltaria sua atenção para outra pessoa? Dessa vez a incerteza não assustou Nicole.

Os desafios que ela havia enfrentado e superado ultimamente a faziam se sentir mais poderosa. Apesar de seus sentimentos, ela havia convencido Stephan a ajudá-la. A Corisi Ltda. e seus funcionários em breve estariam salvos. Mal os documentos ficassem prontos ela poderia começar a tirar a empresa do vermelho e mostrar para todo mundo que não era uma vítima trágica e desamparada que precisava ser salva.

Ela havia vencido. Finalmente havia vencido.

Sentia-se confiante e isso lhe permitia olhar o futuro com mais força. O passado era parte de sua história, mas só governaria sua vida se ela permitisse. E ela se recusava a aceitar ser apenas a soma de todas as coisas que haviam acontecido. Estava na hora de decidir exatamente o que precisava para ser feliz. E batalhar por isso.

Isso poderia significar redescobrir o amor com Stephan, se ele estivesse preparado para algo sério. Ou podia significar deixá-lo para trás, como o seu passado. De uma maneira ou de outra ela assumiria o controle de sua vida.

"Cuidado, Stephan. É tudo ou nada, e eu cansei de viver segundo as regras dos outros."

DEZ

Na manhã seguinte Stephan não estava de bom humor. Até as primeiras horas da manhã tinha sido impossível adormecer, e agora acordar e não encontrar Nicole em seu apartamento o irritara ainda mais. E não deveria — o que só fazia aumentar seu nervosismo.

Stephan saiu do chuveiro e entrou em seu quarto coberto apenas por uma toalha. Escolheu vestir um daqueles que o seu pai chamava de "ternos de poderoso". Em menos de uma hora estaria mergulhando no jargão jurídico, junto com Nicole, no escritório do advogado dela. O seu humor mudou de ruim para péssimo quando o celular tocou.

"Dominic? Ele deve estar desesperado."

Mal Stephan atendeu, ouviu uma acusação vinda do outro lado da linha:

— Que diabo você anda fazendo com minha irmã, Stephan?

— Acho que você não quer que eu faça um gráfico com os detalhes.

Dominic respirou alto, furioso:

— Por que ela está na sua casa?

— Por que você não pergunta isso para ela? Ah, lembrei, ela não atende seus telefonemas. Ela odeia você tanto como eu. Isso dói, né?

— Como você é baixo, Stephan.

— Talvez, mas eu não rapto mulheres. — Ah, sim, ele havia visto as notícias. No final, Dominic acabara sendo considerado um super romântico, mas ele sabia a verdade. A pobre professorinha não teve qualquer chance contra Dominic. Sentia pena da mulher que havia tentado fugir dele e falhara. Nicole era diferente. "Ela está me usando tanto quanto eu a estou usando." — Sua irmã se mudou para minha casa porque ela quis — zombou Stephan.

— Deixe ela fora de suas vinganças.

"Bom, Dominic, você parece bastante desesperado. Como se sente agora? Espere, porque vai ficar ainda pior."

— Não posso. Você não está sabendo? Nós estamos noivos. Isso nos torna praticamente família, Dominic.

— Vou matar você.

— Seja homem e não envie seus capangas. Ao contrário de você eu não me escondo atrás de seguranças. Mas eu acho que alguém que coleciona inimigos como outros colecionam moedas, precisa mesmo de proteção.

— Você não vai vencer, Stephan. Eu vou te esmagar.

— Isso é maneira de você falar com seu futuro cunhado?

Dominic ia começar outra ameaça quando Stephan deu uma gargalhada e desligou. Dominic estava exatamente como ele queria: furioso e fora de foco. Quando voltasse atrás para verificar seu novo e cobiçado software, seria demasiado tarde.

Stephan se dirigiu ao escritório de seu apartamento mas logo lembrou que agora aquela sala era um quarto de dormir. Praguejou.

Normalmente seus instintos eram bem aguçados quando se tratava de ler as outras pessoas, mas sempre que pensava saber o que Nicole estava fazendo descobria que ela fazia exatamente o oposto.

A única certeza absoluta que ele tinha sobre ela era que Nicole monopolizava demasiado seus pensamentos.

Nicole fingiu não reparar quando Stephan entrou no escritório de seu advogado. Virou a página da revista feminina, mas a verdade é que havia parado de ler quando o viu sair do elevador.

Pelo ar afobado da secretária quando Stephan se dirigiu a ela, se poderia pensar que o homem era uma estrela de cinema. Quem poderia criticar? Era bem possível que ele estivesse em um calendário, na página do mês mais QUENTE. Ele nem precisava tirar a roupa para fazer as mulheres babarem. Tinha o tipo de magnetismo animal que sempre provocava a libido feminina, independentemente do que estivesse vestindo.

Nicole virou outra página da revista. Esse era um dos problemas de Stephan. Ele esperava que as mulheres caíssem aos seus pés.

— Ah, Stephan! Você está aqui. Ótimo, pedi para a secretária não me anunciar até você chegar.

— Eu achei que nós vínhamos juntos.

"Pobrezinho."

Ele não parecia muito feliz por ter sido abandonado. Nicole conteve um sorriso.

— Eu precisei ir a outros lugares antes de vir para cá. — Ela pousou a revista e se levantou, observando a reação de Stephan. Havia escolhido um vestido azul-escuro apropriado para uma reunião de negócios, mas que também destacava seu corpo magro e mostrava o suficiente de suas pernas para ela se sentir sexy. Outra das vantagens de ter dinheiro é que com um único telefonema encontrara um maquiador com hora para recebê-la logo cedo.

O esforço tinha valido a pena. Stephan se inclinou e sussurrou no seu ouvido:

— Você está incrível dentro desse vestido mas eu amaria ver você fora dele.

Ela olhou para Stephan por debaixo de seus longos cílios e zombou:

— Essa sua frase alguma vez fez efeito com uma mulher?

De repente ele corou.

— Sim — respondeu na defensiva.

Ela começou a rir da expressão em seu rosto, mas Stephan não compartilhou do bom humor.

Nicole não tripudiou por muito tempo. Stephan se inclinou, seu hálito quente acariciando a orelha dela enquanto dizia:

— Então, esse vestido não é para mim? Você nem imagina o toque das minhas mãos deslizando...

A conversa foi interrompida pelo barulho de uma porta abrindo e Gavin Burke, o advogado de Nicole, aparecendo para cumprimentá-los. Apesar da interrupção, Nicole precisou de uns momentos para afastar da sua cabeça a imagem que Stephan acabava de murmurar. Sua pele tremia antecipando o contato daquelas mãos, deslizando pelo vestido até levantarem a bainha da sua saia curta, agarrando e puxando o seu corpo contra o dele. Ela rezou para que ninguém percebesse a excitação que fazia seu peito inflar com o ritmo acelerado da sua respiração.

Gavin segurou as mãos dela nas suas. Era bem mais baixo que Stephan, mas igualmente atraente, fazendo o gênero de bom moço que vem morar em Nova York e vira um importante advogado. Jamais existiu química alguma entre eles, mas Stephan não sabia isso. Gavin a beijou no rosto e depois se afastou um pouco, sem soltar as suas mãos, para apreciar melhor sua transformação.

— Uau! Olhe só! Você está fantástica!

Nicole o recompensou com um enorme sorriso. Gavin sempre fora muito legal com ela. Nenhum pedido seu ficava sem ser atendido. Ele estava com quase quarenta anos e fizera sua fortuna aconselhando pessoas influentes a encontrar maneiras criativas para interpretar documentos. Ele podia ter aproveitado o fato de ser advogado pessoal de Nicole para conhecer os homens poderosos da sua família, mas jamais o fez. E era por isso que ela confiava tanto nele.

— Achei que estava na hora de dar uma mudada — disse ela.

Ele segurou as suas mãos por mais algum tempo.

— Você sempre foi bonita, mas agora está radiante. É bom vê-la sorrir.

Nicole sentiu seu rosto corar lembrando exatamente do comentário que havia colocado aquele sorriso em seu rosto.

Stephan se aproximou, mostrando seu desagrado com a conversa.

— Stephan Andrade. — De algum modo conseguiu que seu nome soasse como uma ameaça. Ele deslizou uma mão possessiva pelas costas de Nicole.

Gavin soltou as mãos de Nicole para cumprimentar Stephan.

— Gavin Burke. Antes de começarmos gostaria de deixar claro que represento os interesses de Nicole. Talvez você queira que seus advogados leiam o contrato antes de assinar.

Stephan apertou a mão do advogado e Nicole podia jurar que viu Gavin estremecer. Stephan disse:

— É exatamente isso que tenciono fazer.

— Eu também acho que não é boa ideia falar para pessoas fora deste escritório que o noivado de vocês não é para valer — Gavin acrescentou.

Respondendo ao olhar de desagrado de Stephan, Nicole disse:

— Eu contei toda a verdade a Gavin. Confio nele.

— É o que parece — disse Stephan, sem fazer esforço para esconder sua desaprovação. Ele tirou a mão das costas dela.

Nicole e Gavin trocaram um olhar rápido, do tipo que faz você rir no meio de uma igreja. Ela mordeu o lábio e balançou a cabeça. Stephan se levava um pouquinho a sério demais, mas ela não ganharia nada o irritando a ponto de ele sair dali sem assinar os documentos.

Gavin os conduziu até a mesa onde estavam os papéis. Depois de todos se sentarem, ele disse:

— O contrato é bastante claro e direito. Essencialmente, é um acordo pré-nupcial. Leiam. Stephan, no caso de seu noivado com Nicole terminar você aceita dar a ela a preferência na compra da Corisi Ltda. pelo mesmo preço que você pagou. Você também concorda que, durante todo o tempo que a Corisi Ltda. for de propriedade sua, Nicole será a presidente do conselho de administração, a não ser que renuncie ao cargo. Nicole, aceitando esse contrato você está concretizando a vontade de seu pai de aceitar a oferta de compra por Stephan. A empresa e seus lucros serão apenas de Stephan até o momento em que você romper o noivado ou casar com ele. Com o casamento a empresa ficará sendo dos dois sem precisar haver qualquer pagamento de um para o outro. O contrato está bom para vocês?

Uma batida na porta foi seguida pela entrada de uma secretária, se desculpando:

— Dr. Burke, peço desculpa por interromper, mas há um homem lá fora que insiste em ver a senhorita Corisi imediatamente.

"Quem teria vindo até aqui?"

Nicole prendeu a respiração por um longo momento e a secretária acrescentou:

— O nome dele é George Miles. Eu falei que a senhorita estava ocupada, mas ele insiste que é urgente.

Stephan perguntou à Nicole:

— Miles... ele não é...

Nicole concordou com a cabeça:

— É o vice-presidente de marketing da Corisi Ltda.

— Você contou por que estava aqui?

Nicole negou:

— Não! — Mas depois lembrou: — Eu contei para Thomas.

Gavin não parecia nem um pouco preocupado com a interrupção. Ele disse:

— Mande ele entrar. Vai ser interessante.

George entrou apressado na sala, a cara dele estava vermelha e sua testa coberta de suor, como se tivesse subido as escadas correndo.

— Nicole! É tarde demais? Você já assinou alguma coisa?

Nicole se levantou para cumprimentá-lo.

— George, se acalme. — A última coisa de que ela precisava era de mais uma pessoa tendo um ataque cardíaco.

— Você assinou alguma coisa?

— Não, ainda não, mas vou assinar.

Ele enxugou a testa.

— Você não precisa fazer isso. — O olhar que ele dirigiu a Stephan tornou bem clara para todos a opinião que George tinha dele. — Quando Thomas me contou o que você estava planejando eu soube logo por que estava fazendo tudo isso. Você tem medo de que seu irmão dispense todos nós quando assumir a direção da empresa e acha que essa é a única maneira de fazer ele parar.

"E é", pensou Nicole.

— Mas não é — George continuou a falar, apressado. — Eu investi bem meu dinheiro durante todos esses anos. E os outros administradores também. Se nós juntarmos nosso dinheiro e você fizer um empréstimo parcial nós poderemos comprar a Corosi Ltda. imediatamente.

Nicole sussurrou:

— Não posso aceitar seu dinheiro.

De qualquer maneira não mudaria nada, porque o único comprador que o testamento admitia era Stephan.

— Então deixe que Dominic dirija a empresa durante algum tempo. Mesmo que ele despeça todos nós, vamos ficar bem. Você não precisa fazer isso. — E por *isso* ele estava claramente se referindo a Stephan.

— Eu não posso perder você também. — Ela não queria ter dito aquilo, mas a verdade saiu de sua boca em um tom tão cheio de desespero que a sala ficou imediata e dolorosamente em silêncio. "Oh, meu Deus! Por que eu disse isso?"

Os olhos de George brilharam de emoção quando ele perguntou:

— É disso que se trata, Nicole? Eu a conheço desde que você tinha cinco anos. Minha esposa sempre diz que você é, para mim, uma espécie de filha fora do casamento a quem não preciso pagar pensão. Acha que deixará de ser bem-vinda para passar férias na minha casa por causa das atitudes do seu irmão?

"É exatamente o que eu penso."

Nicole fechou as mãos com força e guardou seus pensamentos só para ela.

George se aproximou e tocou com carinho o braço dela.

— Você não precisa provar nada. Nós a conhecemos e ninguém pode mudar isso. Vamos. Volte para o escritório comigo e encontraremos outra solução.

"Não."

Nicole buscou no rosto de Stephan um sinal do que ele estava pensando. Não estava certa do que esperava, mas se sentiu desapontada quando não viu nada.

Tudo aquilo começou para salvar os empregos das pessoas que ela conhecia desde a infância, mas depois se transformou em algo mais complicado. Estaria sendo boba em pensar que atrás da máscara durona de Stephan ainda existia o homem que havia conhecido?

Nicole estava muito emocionada por George e os outros administradores haverem disponibilizado seu dinheiro para ajudá-la. Jamais imaginara que eles se preocupavam com ela tanto quanto se preocupava com eles. Jamais esqueceria aquele dia; o dia em que havia tido a primeira prova de que algumas coisas podiam sobreviver à maldição Corisi.

Se tudo aquilo fosse apenas sobre a salvação dos empregos de George e dos outros ela poderia sair por aquela porta e aceitar a oferta. No entanto, em algum ponto do caminho, ela recomeçara a ter esperança. Não podia se afastar de Stephan e da sua família. Não agora. Se fizesse isso, era possível que não voltasse a ver nenhum deles nunca mais. Há sete anos, ela fugiu para a casa do pai e aceitou a perda como inevitável. Desta vez não desistiria tão facilmente, e naquele momento o falso noivado era a única coisa que os mantinha juntos.

"Já não tenho medo de batalhar."

A antiga Nicole teria optado pelo seguro. Teria aceito o testamento do pai e diria que não podia fazer nada a respeito. Ela teria aceito a intimidade superficial que Stephan lhe oferecia e ficaria esperando ser abandonada em seguida.

"Não mais."

Se perdesse a sua herança era porque não havia lutado por ela.

E, se ela e Stephan se separassem no final daquele noivado falso, seguiria a vida sabendo que fora suficientemente corajosa para manter o coração aberto e para exigir ser tratada com respeito.

A decisão dela estava tomada.

Nicole abraçou George e disse:

— George, eu o amo e agradeço por ter vindo até aqui. Jamais esquecerei que fez isso por mim, mas estou aqui porque eu quero. Stephan e eu nos apaixonamos há muito tempo, quando eu trabalhava para o pai dele, e continuamos nos encontrando em segredo por todos esses anos. — Ela pegou na mão de Stephan e sorriu para ele, para provar para George que tudo aquilo era sério. — Eu quero me casar com Stephan. Eu o amo. Por favor, tente ficar feliz por mim.

Stephan a puxou para perto de si e Nicole podia ouvir o coração dele bater apressado dentro do peito. George olhou para um e depois para o outro, parecendo ter dúvidas sobre o que ela acabava de dizer.

— Tem certeza?

Nicole abraçou Stephan e encostou o rosto no peito dele:

— Certeza absoluta. Volte para o escritório e diga que quando fizermos nossa festa de noivado estarão todos convidados, para que possam celebrar com a gente.

Gavin acompanhou George até a porta.

George parou antes de sair e disse:

— Se você a machucar, Stephan, essa será a última coisa que você fez na vida.

Stephan continuou segurando Nicole contra seu corpo. Sentia-se como se tivesse sido atropelado por um caminhão e arrastado por uma estrada.

"Ela me ama?"

Não, não podia ser. O noivado deles era um assunto puramente comercial. Ela havia deixado isso bem claro ontem à noite.

Era tudo mentira. Ele sabia. Então, por que havia parado de respirar e se sentido zonzo quando ela garantiu que queria mesmo casar com ele? Sem olhar para Nicole, obrigou-se a fazer a pergunta, sem saber se queria mesmo ouvir a resposta:

— Você me ama, Nicole?

Nicole se liberou do seu abraço e ele se sentiu, ao mesmo tempo, aliviado e profundamente desiludido. Ela respondeu:

— Eu precisava dizer alguma coisa. Não podia deixar que ele ficasse preocupado comigo. — Ela foi até a mesa e assinou os documentos.

Gavin voltou para a sala e ficou olhando os dois.

Stephan a seguiu e também pôs sua assinatura no contrato.

— Está feito — disse Nicole. — Obrigada, Gavin. Vamos falando. – Apertou a mão do advogado e beijou seu rosto. Depois voltou-se para Stephan:

— Nos vemos em casa.

O estômago dele deu uma volta dolorosa.

Sem dizer mais nada, Nicole saiu da sala. Stephan ficou simplesmente ali, em pé, a olhando caminhar até a porta.

Gavin disse:

— Você não a merece.

Jamais foram ditas quatro palavras tão verdadeiras.

— Por favor, mande uma cópia do contrato para meu escritório — pediu Stephan, e logo depois saiu.

O Sr. Advogado Simpático devia estar apaixonado por Nicole. Eles podiam ser tão íntimos a ponto de compartilharem confidências, mas não era para a casa dele que ela estava indo.

Nicole já tinha ido embora quando Stephan chegou na rua. Tinha vontade de ir atrás dela, perguntar por que batalhava tanto pela empresa do pai, e beijá-la até que esquecessem que não podiam ficar juntos.

Mas em vez disso foi à Tiffany's e comprou para ela o maior e mais caro diamante que tinham à venda.

ONZE

Quem diria que um molho queimado podia fazer tanta fumaça? Nicole tossiu e sacudiu uma toalha na frente do detector de fumaça que estava tocando pela segunda vez. Mesmo vestindo apenas short e uma camiseta branca, ela estava banhada em suor.

Logo à noite ela celebraria. Faria isso! Os administradores da empresa de seu pai — não, agora era apenas Corisi Ltda. — podiam dormir descansados. Seus empregos estavam salvos. Aquela sua família adotiva não seria desmembrada, pelo menos não agora. E seu celular iria, finalmente, deixar de tocar com telefonemas do irmão, com quem se recusava a falar.

Com o estresse no passado, Nicole estava livre para focar sua atenção em outro assunto igualmente urgente: Stephan. Como agradecer ao homem que comprou uma empresa de software de computadores para você? Ela sabia como a família Andrade faria.

Confiante de que tinha encontrado o gesto de gratidão perfeito, Nicole fez sua primeira lista de supermercado. Feliz e se sentindo cheia de sucesso, comprou tudo o que precisava para cozinhar o jantar. Só não havia imaginado o quão rapidamente o calor do forno superaria o frescor do ar-condicionado.

O forno. "O frango!"

Abrindo a porta ela descobriu que o frango estava tão queimado que dificilmente poderiam reconhecê-lo e uma nuvem de fumaça envolveu o seu rosto. Sentiu os olhos arderem e ficarem cheios de lágrimas.

— Uma receita da família Corisi? — Stephan perguntou por cima do barulho do alarme de incêndio.

Nicole tirou a cabeça de dentro do forno. Stephan estava encostado ao lado da porta da cozinha, segurando o paletó com um dedo por cima do ombro.

— Muito engraçado — retrucou Nicole, abanando a mão na frente do rosto em uma tentativa frustrada de afastar a fumaça. — Como se faz para o forno parar de soltar fumaça?

Stephan colocou o paletó nas costas de uma cadeira da cozinha e caminhou até ela. Nicole não se moveu. Ele chegou bem perto. A cabeça dele foi abaixando até que os lábios dos dois quase se tocaram. Primeiro Nicole achou que ele tentaria beijá-la, mas em vez disso ele seguiu e mexeu nos botões do fogão.

— Ajuda um pouco se você o desligar — ele murmurou.

Nicole tentou recuar mas suas pernas já estavam encostadas no fogão. Quando se inclinou, suas costas tocaram brevemente a mão dele. Ela deu um salto, como se houvesse queimado a pele, mas o impulso fez com que ficasse completamente colada contra o peito dele. A respiração rápida e ofegante de Stephan revelava que o contato físico havia afetado tanto a ele quanto a ela.

Nicole deslizou para um lado, escapulindo, e se amaldiçoou por não ter posto uma roupa mais bonita antes de ele chegar. Nada estava correndo como havia planejado.

— Na internet dizia que frango e macarrão é uma das refeições mais fáceis de cozinhar. — Ela soprou uma madeixa de cabelo que havia caído sobre seu rosto. — Mas é uma completa mentira.

A risada dele foi inesperada, e o melhor som que ela ouvia em muito tempo.

— Eu tenho uma cozinheira, Nicole.

— Eu sei — ela disse na defensiva. — Queria fazer alguma coisa especial para agradecer a você por ter me ajudado hoje.

Ele a estudou por um momento, como se estivesse prestes a dizer alguma coisa e desistido. Por fim se decidiu:

— Maddy vai amar essa história. Ela sempre diz que, se alguém cozinha para nós, temos que comer. A família inteira ficou aliviada quando ela casou com um chef. Antes de Richard, nós pensávamos em comprar ações de uma empresa de antiácido.

Apesar de tudo quanto Nicole havia planejado para aquela noite ter corrido mal, ela sorriu quando Stephan contou os desastres culinários da prima.

— Como ela pode não saber cozinhar com Elise e Katrine por perto? Elas são maravilhosas.

— Não sei se você já notou, mas Maddy não aceita nada bem os conselhos das outras pessoas. Sempre faz o que quer, como quer... Até mesmo com as receitas. — Stephan estremeceu.

— Eu gosto muito da Maddy — disse Nicole, espontaneamente.

Stephan parecia envolvido em algum debate interior. Finalmente disse:

— Eu sei que está falando a verdade.

Nicole se encostou em um canto do balcão da cozinha.

— Sua família sempre foi muito gentil comigo, Stephan. Quando nosso noivado terminar, eu garanto que farei de tudo para que sua imagem seja poupada aos olhos dos outros. Jamais faria alguma coisa proposital para magoar sua família.

Aquelas palavras tiveram em Stephan o efeito oposto ao que ela esperava. O seu rosto ficou sério e ele perguntou:

— Você já está planejando o fim? Está arrependida de ter assinado o contrato?

— Não. E você?

Em vez de responder, Stephan jogou uma pequena caixa na direção de Nicole. Ela a recolheu a tempo. Ao abrir, descobriu um diamante de vinte e quatro quilates cortado em esmeralda e montado sobre uma armação de platina. Elegante e extremamente caro. Exatamente o tipo de anel que se imagina que uma Corisi quer. O coração de Nicole deu um pulo. Ela o tirou da caixa de veludo e o fez girar lentamente entre seus dedos.

"Não tem nada a ver comigo", pensou.

— Você não gostou — Stephan afirmou, categórico.

Nicole fez uma careta.

— Está ótimo.

Ele disse rispidamente:

— Você pode ir à joalheria e trocar por alguma coisa que você quer.

O que ela queria não estava nas vitrines da Tiffany's. O fato de ele haver escolhido aquele anel deixava claro que não a conhecia. Ela fez o enorme diamante deslizar por seu dedo na mão esquerda.

— É lindo, Stephan e, de qualquer maneira, é por um curto período de tempo. Obrigada.

Ele soltou um suspiro.

— A maioria das mulheres adoraria um anel assim.

Nicole repetiu, áspera:

— Eu disse que é lindo.

A frustração dele não parava de crescer.

— Gastei trinta... na verdade, 35 milhões de dólares com você, hoje. Trinta e cinco milhões. Conhece alguma mulher que possa dizer que teve um dia igual ao seu? E você não parece feliz. Eu achei que iria ficar grata.

— E estou. Eu cozinhei... — De repente ela entendeu. — Você quer dizer que eu devia ficar grata? Ou *grata*?

Ele levantou as duas mãos, fingindo uma rendição:

— Eu...

Ela encostou um dedo no peito dele e disse:

— Vamos esclarecer umas coisinhas agora mesmo. Isto é um acordo comercial. Me ajudando, você ganha os direitos de uma patente de conversão. É só isso. E, apesar de ter gasto um monte de dinheiro hoje, você terá tudo de volta dentro de poucas semanas. — Ela abanou o dedo esquerdo com o anel na frente do rosto dele. — Junto com isso. Espero que tenha guardado a nota fiscal. Vou repetir o que disse ontem à noite. *Eu não sei se gosto de você*. Você é mal-educado. É arrogante. Só porque é bonito, não quer dizer que todas as mulheres queiram ir para a cama com você. As mulheres querem mais do que uma sugestão sexy sussurrada em seus ouvidos. Elas querem conversar. Elas querem...

A expressão divertida de Stephan fez Nicole parar de falar. Ela pôs as mãos na cintura e desafiou: — O que é? O que é que você está pensando? Diga.

Um diabinho travesso brilhou nos seus belos olhos azuis.

— Não, por favor, continue. Eu estou escutando. — Mas, como Nicole ficou calada, ele insistiu: — Você estava dizendo o que as mulheres querem.

Ela balançou a cabeça.

— Estou falando sério.

Stephan sorriu.

— Você é um idiota! — ela concluiu.

Ele sorriu ainda mais e se aproximou.

— Mas sou um idiota lindo.

Ela jogou uma luva de forno quando ele se preparava para agarrá-la:

— Não me toque.

Ele obedeceu, mas continuou tão perto que o corpo dela começou a traí-la. Os seus lábios ficaram secos de repente, e Nicole os lambeu. Stephan se aproximou um pouquinho mais.

— Então, nada de ficar sussurrando no seu ouvido? Nada de tocar em você? Só conversa? É isso que você quer?

Seus lábios estavam tão próximos que Nicole quase podia sentir o gosto deles.

Ela engoliu em seco:

— Sim.

— Você quer dormir toda noite sozinha em sua pequena caminha?

"Não."

— Sim — ela forçou a palavra a sair de sua boca, tentando ignorar o quanto sua pele vibrava, antecipando o toque dele, como o corpo dela ficava tenso e úmido, já preparado para aquilo que ela estava recusando.

— Você sabe o que eu quero? — ele perguntou, quase ronronando.

"Ah, céus!"

Ele se afastou um pouquinho e disse:

— Uma pizza! Porque acho que não vou conseguir comer aquele seu frango. Se importa de pedir enquanto eu dou uns telefonemas? — Ele foi pegar o paletó e acrescentou — Vou ficar na sala, agora que não tenho mais um escritório nessa casa. Depois nós podemos comer e *conversar*. — Ele enfatizou a última palavra e deu uma gargalhada. — A não ser que você tenha outra sugestão...

Nenhuma que não incluísse dar um tapa no rosto dele.

Ele jogou o paletó por cima do ombro e caminhou para a porta.

— Ah, e peça para eles colocarem o presunto e o abacaxi apenas em uma metade. Fruta não combina com pizza.

Mal ele saiu, Nicole se deixou cair em uma das cadeiras.

"Ele ainda lembra do que eu gosto de colocar na pizza."

Será que ela um dia o entenderia?

DOZE

Nos dias seguintes, Stephan e Nicole conversaram. Todas as manhãs, às sete e meia, sentavam à pequena mesa da cozinha. A cozinheira preparava um café da manhã bem leve. Stephan perguntava a Nicole os planos dela para o dia e depois contava os seus. Entravam juntos no elevador e se despediam na entrada do prédio, e isso parecia diverti-lo. Voltavam a se encontrar na hora do jantar, na ultramoderna sala dele. No início só conversavam sobre trabalho, mas, à medida que o relacionamento foi se tornando mais confortável, os temas se alargaram. Nicole compartilhou com Stephan sua preocupação com a resistência que havia encontrado quando assumiu o cargo de CEO na Corisi Ltda. Não esperava precisar se defender das mesmas pessoas que teriam sido despedidas se não tivesse lutado por elas. Stephan ouviu suas preocupações e sugeriu maneiras de superar os problemas. As sugestões dele deram muitos bons resultados e isso aumentava um pouco a frágil confiança que ia se construindo entre eles. Uma noite, no meio de um desses jantares, Nicole disse:

— Sua mãe telefonou. A festa para seu primo novo é no sábado.

— O que você disse a ela?

— Eu disse que nós vamos.

— Eu gostaria que você tivesse falado comigo primeiro.

Uma ideia revoltante surgiu na mente dela:

— Você não me quer por perto da sua família.

— Nicole...

— Nada de Nicole. Diga o que você quer dizer. Você acha que eles não gostam de mim? Sua mãe pediu até para eu ir antes para ela poder me ensinar algumas receitas.

— Minha família adora você, esse é o problema.

— Eu já disse para você que quando o momento chegar...

Ele passou uma mão frustrada por seu cabelo louro.

— Você não entende? Toda vez que você fala com eles é mentira. Eles não sabem que não é real. Eu não vou deixar você machucar minha família mais do que...

Nicole levantou e jogou o guardanapo na mesa.

— Acabe a frase, Stephan. Não, espere, eu acabo para você. Você não vai deixar que eu os machuque mais do que já machuquei no passado. Você continua me culpando por aquilo que Dominic fez com seu pai. Eu achei que nós estávamos nos tornando amigos, no mínimo. Achei que você tinha entendido que eu faria qualquer coisa por sua família, se pudesse. — Uma lágrima de raiva desceu pelo rosto dela. — Você não me quer por perto da sua família? Diz isso para eles. Explique por que eu não posso ir numa festa para homenagear o bebê que eu ajudei a nascer.

Nicole atravessou a sala, entrou em seu quarto e fechou a porta com força.

* * *

Stephan bateu com o punho na mesa.

“Nossa! Agora ela está chorando.”

Aquela mulher era impossível.

Aquilo deveria ser uma situação divertida e temporária, uma maneira de tirá-la de seu caminho. Não era para ele, todas as manhãs, apressar o seu banho só para ter mais uns minutos com ela antes de sair para o trabalho. No meio das reuniões, seus pensamentos não deviam ficar ocupados com a imagem dela e com aquilo que ela estaria fazendo em sua empresa nesse preciso momento. Ele jamais havia imaginado que deixaria tarefas por terminar em sua mesa só para chegar em casa a tempo de jantar na companhia dela.

Stephan andava atrás dela, atento às suas palavras como um idiota. Mas isso era suficiente?

“Não.”

Ela queria tudo.

Em que momento Stephan tinha perdido o controle da situação?

Ele não queria ela por perto de seus parentes e tinha o direito de proteger a família. Quanto mais tempo passassem juntos, mais feridos se sentiriam quando ela partisse.

E, afinal de contas, Nicole continuava sendo uma Corisi.

Stephan sabia disso, mas a cena com o advogado dela continuava a persegui-lo. Tinha sentido verdadeiro medo na voz dela, um medo que ele não queria reconhecer, porque implicava algo que estava se tornando cada vez mais difícil de ignorar: Nicole não era igual ao irmão.

Ela não podia ser igual a Dominic e ainda assim inspirar o tipo de lealdade que os funcionários da empresa demonstravam. Se ela fosse como Dominic não teria ajudado seu primo bebê a nascer, nem conquistado o amor da família dele.

Indecisão e arrependimento não eram luxos que ele normalmente se permitisse, mas essas questões não saiam da sua cabeça. E se estivesse errado? Por que razão, desde que estava com Nicole, tinha mais dificuldade para se olhar no espelho?

Ela não podia ser tão genuína e carinhosa como parecia ser, porque se fosse... Bom, então *ele* era um idiota. Um completo e irrecuperável idiota.

Mas esse não era um bom momento para reavaliar as decisões que havia tomado. Tinha escolhido um caminho sem volta. Naquele instante, o software de Dominic era igual a um queijo suíço. Stephan só precisava esperar e tudo voltaria a seu devido lugar. Quando seus servidores provassem ser inúteis, a situação financeira de Dominic seria mortalmente atingida, permitindo que Stephan avançasse e tomasse de volta não apenas a ilha de sua família mas também os enormes lucros que estavam por vir da China, depois que esse país lhe pedisse para resolver o problema.

Tudo aquilo por que ele havia trabalhado estava finalmente a seu alcance.

Ele não pediria perdão a Nicole mas também não a impediria de ver sua família dessa vez. Só dessa vez. Depois disso, quanto menos eles estivessem juntos, melhor para todos.

TREZE

Na manhã de sexta-feira Nicole se perguntou se teria sido boa ideia dizer sim para Maddy. Stephan estaria fora da cidade durante todo o dia, negociando um contrato de distribuição em Connecticut, e Maddy pediu a Nicole para passar no escritório dele e apanhar uns ingressos que ela havia deixado lá.

— Não precisa incomodar o Stephan — Maddy falou. Ela se lembrava exatamente onde os havia deixado.

A secretária temporária de Stephan hesitou em permitir a entrada de Nicole na sala dele, mas mudou de ideia quando viu o enorme diamante na sua mão esquerda.

"Isso me faz sentir péssima", Nicole pensou.

Em sua última visita ela não prestou muita atenção na mesa dele, mas era uma impressionante peça de mobília. Com uma tecnologia bem mais avançada do que o pai dela teve. Vidro e metal cinza com uma tela comandada por toque. Devia ter muitas outras funções que só ficavam ativadas quando o computador estivesse ligado.

"Lindo!"

As pastas digitais estavam encriptadas no computador de Stephan, mas as gavetas de sua mesa abriram facilmente. Maddy pedira para Stephan pegar para ela os ingressos de um espetáculo. A gaveta de cima não tinha nada de importante. Quando procurava na gaveta do meio, Nicole encontrou uma coisa que fez suas pernas tremerem e ela cair na cadeira de Stephan. Era uma fotografia dela com ele, tirada por um fotógrafo itinerante de jardim, sete anos atrás, no único dia em que eles saíram juntos. Nicole tinha esquecido a existência daquela fotografia. Na época, o cabelo dele estava mais longo e suas roupas eram informais. Eles olhavam um para o outro e sorriam como se o futuro pertencesse a eles.

Ela não imaginava os sentimentos dele; mas estavam bem evidentes na maneira como Stephan a olhava naquela foto. Apesar do que havia acontecido depois, o que ele sentia naquele dia tinha sido verdadeiro.

Por baixo da fotografia estava um convite para uma festa beneficente na Califórnia. Dali a uma semana. Escrita no papel do convite, havia uma nota pessoal em letra masculina.

"Estamos apostando se esse ano você vem. Kayla diz que você precisa vir rápido, antes que nossos filhos comecem a nos dar netos. Mark."

Havia uma pequena foto junto, presa com um grampo. Os antigos amigos de Stephan da costa oeste. Eles pareciam sinceros e bem-sucedidos, não o gênero de pessoas que o pai dele havia descrito. Sem aquele escandaloso nível de sucesso pelo qual a família dela lutava, mas com o sucesso confortável da classe média. Dois carros, um barco, férias em família.

E eles pareciam felizes. Muito mais felizes do que Nicole alguma vez havia se sentido. Ela guardou o convite e as duas fotos em sua bolsa. Não havia ingressos em nenhuma das gavetas de Stephan.

"Maddy devia querer que eu encontrasse as fotos. Por que será que Stephan guarda uma foto do nosso encontro na mesa dele?"

Seria possível que ainda fosse apaixonado por ela?

Ela se permitiria acreditar nisso?

No sábado, Stephan concordou, relutante, em deixar Nicole ir mais cedo para ajudar Katrine e Elise na cozinha. Ela estava de avental, fazendo um molho, quando Maddy entrou com seu bebê nos braços.

Por uns minutos a comida ficou esquecida.

— Nicole! — Maddy exclamou e entregou Joseph à avó para poder abraçá-la. Muito rapidamente, os Andrade quebraram a tímida expressão corporal de Nicole. Ela retornou o abraço.

As quatro mulheres focaram toda a atenção no bebê.

— Você foi ao escritório de Stephan como eu pedi? — perguntou Maddy. Imediatamente, Katrine e Elise se viraram para olhar Nicole.

Como se elas soubessem. Como se soubessem de tudo. Nicole balançou lentamente a cabeça, sem saber o que dizer.

Katrine perguntou:

— Você encontrou a foto?

Nicole sentiu que seu rosto ficou vermelho.

— Você sabe da foto? Você...

Elise riu.

— Nicole, nós sabemos de tudo. Minha filha não é capaz de guardar um segredo, nem mesmo os dela. Você a trouxe?

Nicole foi buscar a foto dentro de sua bolsa e mostrou às mulheres.

Katrine balançou a cabeça tristemente.

— Provavelmente, essa foi a última vez que o rosto de Stephan teve essa expressão. Ele sempre estava tão feliz. Ainda sorri, mas não com o coração. Não como aqui.

Elise pegou a foto e a estudou:

— Maddy, eu sempre digo a você que não está certo interferir na vida dos outros, mas olhem só os rostos desses dois. Agora entendo por que você precisava fazer alguma coisa.

Maddy deu de ombros e admitiu:

— Eu também achei, mas agora já não sei. Eles parecem bem infelizes.

Nicole respondeu:

— Eu ainda estou aqui, não estou?

Maddy sorriu timidamente:

— Sim, está. Mas achei que a essa altura vocês já estariam a meio caminho de um noivado verdadeiro.

Nicole desfez os nós de seu avental e o retirou pela cabeça:

— Mesmo que o que nós sentimos naquele dia fosse verdadeiro, como poderia ter sobrevivido ao que aconteceu depois? Como?

— Você ainda ama meu filho. Vão se resolver — garantiu Katrine.

Nicole balançou a cabeça e as lágrimas se misturaram com sua voz.

— Não, eu amava o homem que achava que ia salvar o mundo com seus documentários bobos. Eu o amava porque era honesto e bom. Eu amava quem eu própria era quando ele me olhava. Depois de hoje ele não me quer mais por perto de vocês.

Elise se aproximou com o neto no colo e disse alguma coisa rápida e irritada em italiano.

Katrine disse:

— Stephan me preocupa. Ele sempre foi tão idealista! Nada era impossível para ele. Mas mudou muito quando Victor vendeu a empresa para seu irmão. Stephan se culpou e culpou você. Ele se afastou de tudo o que gostava e se tornou uma pessoa como acha que nós precisamos que ele seja. Quando era jovem sempre falava comigo sobre todos os assuntos, mas depois se fechou sobre si próprio. Eu só quero sacodi-lo e dizer que ele não precisa ser esse homem, esse estranho. Nesse momento, Nicole, ele está em uma posição bem ruim, porque acha que perdeu pela segunda vez para o seu irmão. Pode ser intuição de mãe, mas sinto que aconteceu alguma coisa na China de que ele não fala. Ele precisa de você na vida dele. Você pode ser a única pessoa que consegue tocar o coração do Stephan, antes que vá longe demais.

Nicole enxugou as lágrimas que caíam pelo seu rosto.

— Eu não sei se sou capaz. Nem sei se o homem que eu amo existe ainda.

Maddy disse:

— Sim, existe, e tudo vai correr bem.

"Ai, Maddy! Será que nós duas crescemos no mesmo planeta?", pensou Nicole.

Nicole retrucou:

— Parece bem, mas não é verdade. Finais felizes são mentiras que contamos às crianças, são apenas isso, mentira. No final, a maioria de nós vai para a cama sozinho, aliviado por ter sobrevivido a mais um dia. Só agora eu comecei a descobrir o que preciso para ser feliz. Como posso ajudar Stephan?

Katrine colocou os braços em volta dos ombros de Nicole e a abraçou. Na segurança daquele abraço, Nicole se permitiu chorar tudo que ela sempre lutava para esconder. Chorou pelo pai que jamais a amou, pela mãe que havia perdido há tantos anos e pelo irmão que amava e odiava ao mesmo tempo. Chorou pelo homem que havia se perdido em sua caminhada para salvar o mundo. E se agarrou àquela mulher que continuava murmurando em seu ouvido que, no final, tudo terminaria bem.

Elise entregou a Nicole lenços de papel, e a moça por fim se sentou e se assoou ruidosamente.

Maddy ia começar a dizer alguma coisa, mas Katrine levantou a mão, fazendo sinal para ela ficar calada. Depois de um momento, Katrine disse:

— Você já sofreu tanto, Nicole. Provavelmente é errado eu pedir para você arriscar se machucar um pouco mais, mas vejo como meu filho olha para você. Você está certa, eu acho, aquele tipo de amor fácil, feliz e que dura para sempre é um mito. Amor é bem mais do que isso. É a decisão de cuidar de alguém mesmo quando a gente tem vontade de estrangular, é perdoarmos por não serem perfeitos. Amor é um trabalho difícil. Envolve risco e, às vezes, perdas reais. Mas, se você não acredita na pessoa que ama, então você está perdendo o que existe de bom nela, e perde também a chance de encontrar um verdadeiro parceiro para sua vida. Se der uma chance para meu filho, eu não posso garantir que ele a mereça, mas sei que se preocupa com você. Sei que você é a mulher que pode trazê-lo de volta para nós.

Elise acrescentou:

— Seja o que for que você decidir, nós entenderemos.

Impulsivamente, Nicole pegou o convite dentro de sua bolsa.

— Eu achei isto junto com a foto. É um convite para uma festa beneficente na Califórnia. Acho que Stephan quer ir.

O convite passou pelas mãos das outras mulheres.

— Você está certa. Ele guardou esse convite por alguma razão — disse Maddy.

Katrine concordou e acrescentou:

— Ele precisa ir. Vocês dois precisam ir. Estar junto com seus antigos amigos vai ajudar ele a lembrar o que era importante.

"Se fosse assim tão fácil."

— Não acho que ele concorde, se eu pedir para irmos juntos.

Elise disse:

— Então não peça!

Nicole ficou confusa:

— Não entendi...

As outras mulheres trocaram um olhar rápido.

Elise mandou:

— Maddy, vá mexer o molho enquanto eu e Katrine explicamos para Nicole como funcionam os homens.

Nicole a viu se afastar com alguma apreensão.

Do outro lado da cozinha, Maddy riu.

— É bom que você fique com medo, Nicole. Elas tiveram a mesma conversa comigo quando eu casei. E ainda me sinto assustada.

Katrine fez um sinal para que todas sentassem em torno da bancada que ficava no meio da cozinha.

— Fique olhando a comida, Maddy. Então, Nicole, algumas coisas que vamos falar para você vão parecer malucas, mas as mulheres vêm usando essas técnicas desde o início dos tempos. Quando você está lidando com alguma coisa importante, e sabe que vai ser difícil convencer seu homem, precisa tirar vantagem da fraqueza biológica dele.

Surpreendida, Nicole balançou a cabeça.

— Não entendo nada do que você está dizendo.

Elise aproximou ainda mais sua cadeira e disse:

— O primeiro passo se chama A Sacodida. É sobre como conseguir ganhar a atenção dele e mantê-la.

A cabeça de Alessandro apareceu na porta da cozinha e perguntou:

— Tudo bem por aqui?

Elise o mandou embora:

— Estamos cozinhando, Alessandro. Vá para junto dos homens.

Ele olhou em volta.

— Mas...

— Saia! — depois de seu marido ter ido relutantemente embora, Elise perguntou: — Ah, em que ponto nós estávamos?

Katrine respondeu:

— Você ainda estava no primeiro passo.

— Não sei se estou gostando disto — confessou Nicole.

Katrine balançou a cabeça, compreensiva, mas sublinhou:

— Nicole, os Andrade são leais e amorosos, mas também são teimosos e mandões. Você precisa aprender como manobrar o ego deles.

Elise acrescentou:

— É para o bem deles. Todo mundo fica feliz, incluindo os homens.

Nicole disse:

— Eu prefiro ser honesta com Stephan e dizer a ele o quanto é importante para nós dois irmos nessa festa.

Elise e Katrine balançaram as suas cabeças. Maddy riu, mexendo o molho. Com um ar bem cético em seu rosto, Elise disse:

— Você pode tentar, se acha que vai dar certo.

Imaginando a cena em sua cabeça, Nicole se viu obrigada a concordar que provavelmente não daria. Até agora, ser racional com Stephan não havia dado muito certo. E se a viagem para a Califórnia fosse a resposta para todas as perguntas dela? Não valeria a pena um pouco de subterfúgio?

— Ok, vamos nessa... Qual é o primeiro passo?

Maddy falou, do outro lado da cozinha:

— Não esqueça que eu te avisei.

Elise a mandou ficar calada com um gesto de sua mão.

— A psicologia masculina...

Maddy interrompeu:

— Oi, oi, oi, eu não quero escutar isso de novo.

Katrine sugeriu:

— Elise, eu acho que você pode saltar essa parte. Tenho certeza que Nicole sabe o básico.

Encolhendo os ombros, Elise continuou:

— Vamos ao que importa. Amanhã, quando Stephan voltar do trabalho, você deve fazer o seguinte...

Depois da festa, quando eles voltaram para casa, Stephan estava pensativo. Ele se sentou ao lado de Nicole no banco traseiro da limousine, mas já tinham percorrido mais de metade do caminho quando ele falou pela primeira vez:

— Minha família adora você.

Ele precisava ficar tão infeliz com isso?

— Eu adoro eles.

Ele se afastou um pouco, olhando pela janela enquanto continuava a falar:

— No futuro, vamos arranjar uma desculpa para não aceitar os convites deles. Eu não mudei de ideia. Não quero você misturada com eles, Nicole. Não há razão nenhuma para envolvê-los nisso.

— Eu entendo — disse Nicole.

"Sua família não poderia estar mais envolvida", pensou, mordendo o interior da boca para segurar um sorriso.

— Então está decidido. — ele parecia aliviado e surpreso.

— Sim — ela concordou.

"Se por decidido quer dizer que esta conversa me convenceu... Você merece tudo o que o espera amanhã, quando voltar para casa depois do trabalho."

QUATORZE

Nicole se sentia ridícula zanzando pela casa naquele biquíni vermelho e minúsculo, esperando Stephan chegar do trabalho. Quando ouviu o estalido da porta da rua, correu para a cadeira que tinha colocado no terraço e fingiu que estava apanhando sol.

Stephan foi até lá.

Ela fingiu não ter dado pela chegada dele. Depois disse casualmente.

— Ah, Stephan, você já chegou.

A expressão do rosto dele era quase cômica. Na verdade, não podia ser assim tão fácil. Podia? Primeiro passo: A Sacodida. Elise havia garantido que era superfácil porque os biquínis sempre tiravam os homens do sério. Até aquele momento, Nicole não acreditava nela. Era tão magra e sem curvas nos lugares certos que ela própria jamais havia se considerado sexy. No entanto, quando ficou de pé, os olhos de Stephan brilharam e a boca dele abriu.

"Afinal, isso pode ser bem divertido."

— Como foi o trabalho? — Ela tentou parecer normal.

Ele não respondeu logo e isso deu a ela confiança para continuar. Nicole arqueou as costas, como se estivesse se espreguiçando após um longo descanso, apreciando o impacto que seus movimentos tinham sobre ele. Então era por isso que as mulheres investem em sutiãs e roupas sexy? Saber que olhar para ela provocava estragos na capacidade de pensar de Stephan era uma grande mudança.

Agora fazia sentido o comportamento dos homens que haviam passado pela vida dela. Nicole fora passiva e insegura, grata por qualquer pedacinho de afeto que dessem a ela, e sempre se sentia devastada quando os namorados a abandonavam. Não era surpreendente eles não a amarem quando ela própria não se valorizava.

Sua passiva aceitação da perda também lhe custara Stephan. Agora entendia isso. Sim, ela tinha ido falar com Dominic para pedir que parasse, mas também aceitou a decisão de Dominic sem lutar. Ela aceitou a indiferença do irmão diante dos seus sentimentos como sempre havia aceitado a indiferença do pai, convencida de que não havia chance alguma de vencer os homens Corisi.

Mas ela venceu.

Vendendo a empresa para Stephan, finalmente derrotara o pai e o irmão. Ela não era mais uma flor em meio de um espinheiro. Não precisava mais ser salva.

Ela era livre.

Era forte.

E desta vez iria lutar por Stephan.

Naquele momento, isso significava viajar com ele para a Califórnia, mesmo que fosse o último lugar onde ele quisesse ir. A estratégia para conseguir isso era simples, mas ficava difícil se focar quando os olhos dele brilhavam de desejo por ela.

Em resposta, o corpo dela ficava mais e mais quente, o calor se espalhando.

— Stephan?

— Hum?

— Você está me ouvindo?

O rosto dele ficou um pouquinho vermelho e Stephan balançou a cabeça, tentando clarear as ideias.

Ela se aproximou dele, apreciando a maneira como os seus olhos se abriam de prazer com os avanços dela, a maneira como ele parecia parar de respirar. O clima entre eles era... delicioso. Stephan estendeu uma mão para a cintura dela.

— Você está mudando as regras, Nicole?

Ela deu um passo atrás.

— Não, eu só quero perguntar uma coisa para você, mas posso vestir alguma coisa se estou incomodando.

— Não — ele disse, automaticamente. Depois, gaguejando um pouco, acrescentou: — Sim. Acho que é melhor.

Nicole abaixou para apanhar o roupão que, mais cedo, deixara caído no chão. Quase deixou escapar uma risadinha nervosa enquanto o fez deslizar primeiro por um ombro e depois por outro. Um strip-tease ao contrário. Nicole estava tão longe de sua zona de conforto que não teria ficado surpresa se ouvisse Stephan começar a rir.

Quando voltou a olhar para ele, Stephan não fazia o mínimo esforço para esconder como os gestos da moça o estavam afetando. Do desejo nos seus olhos à protuberância em suas calças, não restava dúvida de que ela acordou o tigre dentro dele.

Outros homens já quiseram fazer sexo com ela, mas nenhum a desejou tão *ardentemente*. Nenhum acendeu nela a vontade de responder, tão forte que ela logo perdia a capacidade de se focar em outra coisa que não fosse a maneira como se sentia. Na juventude havia desejado ter os lábios dele pressionados contra os dela. Mas a mulher madura que era agora desejava bem mais.

"Foco. Isto é sobre a viagem para a Califórnia e não sobre tirar a roupa dele. Não ainda."

Ela quase perdeu a coragem e desistiu, mas se lembrou de tudo que estava em jogo. Por trás daquele sarcasmo, esse era o homem que havia guardado a foto dela por todos aqueles anos. Para salvar a família, ele tinha voltado as costas a seus próprios sonhos e a ela. Agora ele não confiava nela, queria apenas sexo. Mas, se ela pudesse ajudá-lo a lembrar quem ele um dia havia sido, talvez pudessem acabar aquela caminhada juntos.

Respirando profundamente Nicole caminhou até junto dele e iniciou o Passo Dois: O Pedido. Espere Uma Recusa.

— Maddy achou em sua mesa o convite para uma festa beneficente em Seal Beach, na Califórnia. Nós devíamos ir.

— Não — disse ele sem hesitar, em um tom de voz que mostrava não haver sequer espaço para negociação.

— Parece uma causa importante: uma corrida de barcos para recolher fundos para a limpeza das praias.

— Não! E você pode dizer para Maddy que ela não vai trabalhar para mim muito tempo se continuar espiando as gavetas da minha mesa. Esqueça, eu mesmo direi a ela.

"Até aqui tudo está dando certo."

Agora ela podia parar e aceitar que ele não queria fazer aquela viagem. Podia até manter a paixão platônica enquanto o falso noivado deles durasse e se poupar de mais sofrimentos. A decisão crucial que precisava tomar naquele momento era se acreditava ou não em Stephan. Não em um Stephan perfeito. Não em um Stephan imaginário. Mas ela acreditava que atrás de toda a raiva dele ainda existia um homem bom com quem queria passar o resto de sua vida?

"Sim."

Então o feitiço estava lançado.

"O amor é um risco que eu preciso correr. Califórnia, nos aguarde."

Passo Três: A Alternativa Indesejável. Faça isso ter peso.

Nicole fez seu melhor rebolado enquanto caminhava pela cobertura para ir pegar um copo de água na cozinha. Stephan a seguiu. Ela se esticou propositalmente para chegar até aos copos que estavam na prateleira mais alta, ganhando um delicioso e atormentado gemido masculino.

"Ótimo!"

O sucesso estava em não deixar a ele muito tempo para pensar em suas opções.

Nicole se voltou, encostando um quadril contra a bancada, e encheu o copo com água, sua mão tremendo um pouco.

— Bom, então eu acho que você precisa telefonar para sua mãe. Ela me pediu para ir visitá-la e começar a planejar o casamento junto com Elise, mas eu disse que não poderia por que viajaríamos para a Califórnia.

Frustrado, ele passou uma mão pelos cabelos.

— Nós não vamos nos casar. Que diabo de planos são esses?

Uma mentira sempre leva a outra:

— Sua mãe não sabe disso e está muito animada.

Ele fez uma cara zangada, exatamente como o previsto.

"Nossa! As mulheres Andrade são espertas! Tudo está sendo como disseram."

Passo Quatro: A Decisão Dele. É essencial manter uma cara séria enquanto ele tenta achar uma solução.

Nicole bateu uma mão na outra e deu seu melhor para parecer verdadeiramente sincera:

— Não é melhor eu telefonar a ela e dizer que, afinal, estaremos na cidade?

Stephan atravessou a cozinha e só parou quando ela ficou completamente encostada contra o balcão. Ele se inclinou, colocando uma mão de cada um dos lados dela, prendendo-a. Bem, essa não era a resposta esperada. Ele deveria ter concordado relutantemente.

Não haveria Passo Cinco. Não havia como remediar isso.

— Acho que você está brincando comigo — disse ele, quase colocando cada uma das palavras dentro da orelha dela.

Nicole cometeu o erro de olhar nos olhos azuis dele. O desejo que viu ali percorreu seu corpo. Ela lambeu os lábios, nervosa.

Ele acariciou o úmido lábio inferior dela com seu polegar. Nicole segurou a respiração.

— Por que você quer ir à Califórnia, Nicole? O que você quer lá?

— Não entendi o que você quer dizer.

Apenas com o polegar, Stephan traçou a linha da mandíbula dela e se moveu lentamente, propositalmente, até a pele sensível atrás da sua orelha para se enterrar nos seus cabelos espessos.

— Entendeu, sim. Você não sabe mentir. — Sua mão segurava a cabeça dela. — Está começando a se arrepender das suas regras básicas?

"Regras?", Nicole mal conseguia lembrar seu próprio nome quando ele a tocava.

"Será errado desistir por alguma coisa que nós dois queremos muito? Se desistindo eu perder a chance de algo maior, então sim. Eu não posso desistir agora. Passo Cinco: A Verdade?"

— Eu quero ficar com você, Stephan, mas...

As mandíbulas dele ficaram tensas, esperando que Nicole terminasse de falar.

— Não aqui. Não assim. — Ela fez um gesto com a mão indicando que estava querendo dizer mais do que aquela cobertura.

Por um momento, antes de falar, ele estudou a expressão da moça:

— Um lugar diferente não vai mudar quem nós somos.

Nicole colocou sua mão sobre a dele no balcão da cozinha, e disse:

— Essa pode ser a única oportunidade que nós vamos ter. Dentro de algumas semanas nossas vidas vão ficar separadas para sempre. A única coisa que estou pedindo é um fim de semana. Não quero pensar na minha família nem na sua. Quero um fim de semana com você. Só com você.

— Por que a Califórnia? Podemos viajar para qualquer lugar.

"Por favor, diz que sim. Essa pode ser nossa última chance."

Nicole manteve seu tom casual:

— Uma regata beneficente parece divertida. Eu quero fazer alguma coisa espontânea e louca. Você não? Quando foi a última vez que fez alguma coisa só porque era divertido?

— Um final de semana? Sem compromisso? Sem promessas? — Ele pareceu cético.

— Sim! — Ela respondeu com voz rouca.

— Você aceita essas condições? — Os olhos azuis dele haviam escurecido de emoção.

"Eu espero não precisar. Espero que as mulheres da sua família estejam certas." Nicole pensou isso e balançou a cabeça, concordando.

Ele a liberou e se afastou um pouco:

— Nós viajaremos na sexta-feira à noite.

"Ele disse sim! Nem posso acreditar que disse sim a um fim de semana comigo e com os velhos amigos dele. E eu concordei em dormir com ele. Oh, céus!"

Na próxima segunda-feira a situação estaria ou muito melhor ou muito pior.

QUINZE

Um homem alto e magro, vestindo calça jeans e camisa azul-claro com botões se afastou de seu carro híbrido para encontrar Stephan e Nicole na pista de um pequeno aeroporto privado, enquanto eles desciam do jatinho de Stephan para o sol quente da Califórnia. Ele abraçou Stephan calorosamente, dando um tapinha em suas costas:

— Stephan, é muito bom ver você!

Stephan retribuiu o abraço, mas parecia pouco à vontade. Olhou em volta e disse:

— Eu aluguei um carro para o fim de semana.

— Achou que eu não viria buscar vocês? — perguntou o amigo, sorrindo, e acrescentou: — A gente não manda um carro para buscar a família… mesmo quando a família ignora nossos torpedos — ele zombou sem maldade.

— Eu estava superocupado — disse Stephan, no tom mais próximo de uma desculpa que Nicole já ouvira.

O homem olhou para além de Stephan e sorriu para Nicole. Ele ofereceu sua mão e disse:

— Mark Allen. Você deve ser a famosa Nicole. Já ouvi falar muito de você. Muito mesmo.

Nicole balançou a cabeça calorosamente, gostando logo dele:

— Sério?

Stephan tomou as duas malas que o piloto vinha carregando e disse:

— Deixa de bobagem, Mark.

Mark abriu o porta-malas do carro e piscou para Nicole.

— Ele sempre fica na defensiva quando o tema é você. Se não quer que eu fale nada, então não fique tão chateado quando eu falo. Não consigo me segurar.

Stephan jogou as bagagens no porta-malas e o fechou.

— Por isso você levou aquele soco durante o jogo de futebol no nosso primeiro ano na Universidade. Você não sabe quando parar.

Nicole olhou os dois homens buscando alguma semelhança entre eles:

— Por acaso vocês são parentes?

Mark negou, balançando a cabeça enquanto abria a porta da frente de seu carro, convidando Nicole a entrar:

— Quase! Nós nos conhecemos desde o primeiro ano na Universidade, mas faz muito tempo que não nos víamos. — Ele levantou uma sobrancelha, olhando para Stephan. — Muito tempo mesmo.

Stephan ignorou a piada e sentou no banco de trás. Nicole também sentou, mas logo deu um pulo, sentindo alguma coisa. Sob o assento estava a peça de uma nave espacial Lego. Mark a recolheu, fechando a porta, e disse:

— Me desculpe! Coloque isso aí. — Ele abriu o porta-luvas e Nicole colocou a peça lá dentro. — Eu juro que os brinquedos se multiplicam. Não interessa quantos você tira do carro, sempre aparecem mais. — Ele a olhou por um momento. Nicole estava vestida de maneira informal, seguindo as indicações que Stephan dera. Era muito libertador não precisar de se preocupar em ter o esmalte das unhas perfeito sempre. Mark perguntou:

— Muito diferente do que você está acostumada?

Nicole ajustou o cinto de segurança em torno de seu ombro e respondeu:

— Sim, mas para melhor.

Quando Mark deu a partida, Stephan disse:

— Nós vamos ficar no...

— Não! — Mark o informou. — Maddy cancelou a reserva depois que falei com ela. Faz anos que não nos vemos, as crianças estão superansiosas para conhecer o misterioso homem que envia presentes e Kayla já preparou nosso quarto de visitas.

Stephan se inclinou para a frente, entre os dois lugares, seu tom de voz era firme:

— É muito gentil, mas certamente Nicole vai se sentir mais confortável em um hotel.

"Certo, me culpe!"

Nicole cruzou as pernas e sorriu docemente para Stephan:

— Sem problema, tenho certeza de que ficaremos muito bem na casa dos seus amigos.

Stephan se encostou em seu banco com um suspiro de frustração.

Mark riu:

— Vocês têm o resto da vida para correrem atrás um do outro em quartos de hotel. Só vão ficar dois dias aqui, vão ficar na nossa casa e ponto.

A discussão estava encerrada.

Nicole tinha vontade de se virar em seu assento para olhar a cara de Stephan, mas não o fez. Estava ocupada demais tentando descobrir como se sentia com toda essa mudança de planos. Por um lado, não poderia ter desejado uma recepção mais calorosa por parte do amigo de Stephan. Por outro, percebia a falta de entusiasmo de Stephan. A promessa de um final de semana tórrido desaparecia tão rápido quanto o pequeno aeroporto atrás deles.

Mark olhou para o amigo através do espelho retrovisor:

— Ah, a ansiedade de um novo amor. Você vai sobreviver, Stephan.

Stephan ameaçou:

— O troco vai chegar amanhã, quando eu encalhar seu barco novo em um banco de areia.

Mark não se deixou impressionar com a ameaça e incluiu Nicole em sua piada:

— Ele diz isso como se jamais tivesse acontecido. Felizmente, ele pode pagar pela substituição. Quantas coisas você pegou emprestadas e quebrou quando estávamos em Palo Alto?

— Você só tinha coisa velha — Stephan se defendeu, divertido.

— Sim, Kayla estava em uma época de reciclagem-extrema-vamos-salvar-o-mundo. Demorei um pouco para convencê-la de que algumas coisas novas são bem melhores para o ambiente. — Mark riu. — Pelo menos meu barco, que é novo.

— Eu vi as fotos na internet. Cinquenta pés, certo? Parece ótimo — Stephan disse.

— E é! Prometi para a Kayla que faria uma festa beneficente todos os anos enquanto o tiver. Ele não é rápido, mas sempre perco as corridas em grande estilo.

Stephan riu e disse:

— Você nunca me pediu uma colaboração, Mark. Sabe que eu estou sempre dispoto a contribuir.

Mark respondeu:

— Nós somos gratos por você apoiar as nossas causas, Stephan, mas quase não vemos você. Eu achei que neste ano iria acontecer a mesma coisa e você ignoraria nosso convite.

Stephan começou a dizer:

— Eu...

Mas Mark o interrompeu:

— Não precisa se explicar. Estamos muito felizes por você estar aqui.

"Eu também", Nicole pensou, enquanto ouvia os dois conversando. Stephan parecia vários anos mais jovem quando seu rosto relaxava e ele ria com seu velho amigo. "Isto pode dar muito certo."

"Eu poderia me acostumar com isto."

Sentada em uma das cadeiras de madeira Adirondack na varanda da casa dos Allen, Nicole olhava à sua volta. A casa era o sonho da classe média — quatro quartos, dois banheiros, piscina e um jardim de quase um hectare. Quando chegaram, um labrador amarelo dobrara a esquina da casa para cumprimentá-los com uma bola de tênis na boca, como se estivesse esperando por eles. Logo em seguida, duas crianças — um menino e uma menina, Kyle e Kara, os gêmeos de 8 anos — apareceram correndo.

"Céus!"

Kayla, a esposa de Mark, surgiu no gramado de frente da casa para cumprimentá-los. Ela completava o postal ilustrado da família feliz. Tal como seu marido, também estava vestida de maneira informal – calça jeans, camiseta, sandálias. Ela parecia uma pessoa naturalmente confiante, feliz e de sucesso. O casal era famoso na Califórnia e em Washington, mas levavam um estilo de vida modesto. Kayla abraçou Stephan como se ele fosse um irmão há muito tempo desaparecido, e depois se fez uma calorosa recepção a Nicole. Depois de apresentar os filhos, convidou todos a entrarem na casa. Nicole ficou no pátio interior, enquanto Stephan e Mark discutiam o barco novo dos Allen.

– Pergunte a ela – uma vozinha jovem falou.

– Não, pergunte você – outra vozinha respondeu.

Kyle empurrou a irmã na direção de Nicole.

Nicole escondeu um sorriso. Os dois eram simplesmente adoráveis. Cabelos castanhos, olhos escuros e tão sérios que chegavam a ser quase cômicos.

– O que vocês querem saber?

Kara deu uns passos à frente e perguntou:

– É verdade que você e tio Stephan são super-ricos?

Nicole não tinha uma resposta pronta para aquela questão:

– Por quê?

Kyle disse:

– É para o seu site bobo. Ela entrevista todo mundo. Não deixe ela tirar fotos de você. Vai publicar com umas legendas que você não vai gostar. Acredite em mim.

Kara cruzou os braços e olhou para o irmão:

– Ele tem ciúme porque um monte de gente lê meu blog.

– Você tem um blog? – Nicole acabou mostrando mais surpresa do que queria. Como as crianças haviam se tornado tão experientes com as tecnologias?

– Claro! Mude uma mente e você estará mudando o mundo – ela declamou. Depois foi sentar em uma cadeira ao lado de Nicole. – Então, você é super-rica? Eu preciso de um bom ângulo para meu post.

"Foi um erro ter vindo até o pátio", Nicole pensou e depois disse:

– Seus pais concordam com isso?

Kara balançou a cabeça:

– Claro! Mamãe também ia entrevistar você para o blog dela, mas disse para o papai que você não faz nada interessante.

"Ai!"

Kyle deu um salto e falou:

– Kara, isso foi cruel!

Kara acrescentou, rápida:

– Não é cruel, é verdade! Mamãe escreve sobre pessoas que dão dinheiro para instituições beneficentes ou que defendem causas ambientais. Você faz alguma coisa dessas, Nicole?

– Não – Nicole admitiu, relutante.

– Viu – Kara disse. – Então, posso entrevistar você?

Nicole propôs:

– Vamos falar um pouco mais sobre isso amanhã?

Kyle sorriu:

– Isso é um não.

– Suma daqui! – Kara gritou:

Kyle abriu a porta para entrar em casa:

– Nicole, não esqueça o que eu disse sobre as fotos.

Nicole riu.

– Não esqueço, não.

Kara se agitou em sua cadeira.

– Mamãe diz que eu preciso amá-lo porque é meu irmão. Você tem um irmão, Nicole?

– Tenho – Nicole admitiu. De repente, ficou séria.

— Não! Você não pode ser irmã do... Dominic Corisi é seu irmão? — Kara quase caiu da cadeira, soltando um grito.

Nicole admitiu, a contragosto:

— É.

Kara foi buscar um tablet que deixara dentro de uma maleta junto à porta.

— Você é uma dessas Corisi? Isso vai ser maravilhoso! Eu nem posso acreditar. Seu irmão é o mais novo dos meus heróis! No momento está na capa de todas as revistas. Você sabia que ele vai iniciar um financiamento revolucionário de bolsas de estudo na China? Ele não está apenas falando. Já está fazendo. Está mudando o mundo. O que você pode me contar sobre ele?

— Não tenho nada a dizer sobre o meu irmão — resmungou Nicole, sentindo sua garganta ficar apertada de emoção.

Dominic ainda telefonava uma vez por dia, embora ela continuasse se recusando a atender suas chamadas. O advogado de Nicole o havia contatado sobre a venda da Corisi Ltda. a Stephan, por isso ele já sabia que não era mais necessário na empresa. Então por que não a deixava em paz?

— Sério? — Kara deixou cair as mãos ao longo do corpo.

— Sério — Nicole respondeu.

Guardando de novo seu tablet dentro da maleta, Kara anunciou:

— Mamãe está certa em não querer você no blog dela.

Nicole levantou uma sobrancelha. Com a brutal honestidade das crianças, Kara abraçou o tablet e disse:

— Você daria uma péssima entrevista — E desapareceu dentro da casa.

* * *

O jantar foi uma delícia vegetariana preparada por todos os membros da família Allen. Quando o pequeno Kyle entregou a Stephan uma pilha de pratos, Nicole viu o homem arrumar a mesa sem problemas. Ele e Kyle riam enquanto trabalhavam e Nicole quase chorou de emoção.

Era assim que ele seria como pai?

"Se ao menos pudéssemos ficar aqui para sempre", ela pensou.

Stephan debateu apaixonadamente os méritos de uma nova lei ambiental tanto com os adultos quanto com as crianças. Kara e Kyle falaram sobre a história do voto de certos políticos como algumas pessoas adultas falam do desempenho das estrelas do esporte. Stephan se empolgou quando as crianças perguntaram se suas empresas eram "verdes" e qual era sua política de gestão de resíduos. Ele se mantivera fiel às suas mais profundas crenças. Sim, havia se afastado dos grupos de defesa ambiental, mas também havia imposto regras ambientais rigorosas em suas empresas, apesar das perdas de lucros que isso implicava.

Kyle perguntou:

— Você sente falta de fazer filmes com o meu pai?

Stephan se recostou em sua cadeira:

— Todos os dias.

Kyle insistiu:

— Então por que parou?

— Tinha coisas mais importantes que eu precisava fazer.

— Mais importantes que o aquecimento global? — Kyle perguntou.

— Na época eu achava isso. — Sua expressão demonstrava um pouco de arrependimento, que Nicole achou que ele preferiria esconder.

— Por isso você não veio mais visitar a gente? Lembrar disso fazia você se sentir triste?

"A verdade sai da boca das crianças."

Mark disse:

— Chega, Kyle!

A esposa o contrariou:

— Mark, deixe ele perguntar. Não está sendo mal-educado.

Kyle disse:

— Eu pergunto porque quero saber e não por causa de um blog idiota.

Kara reclamou:

— Mãe, você tá ouvindo?

Kayla disse:

— Kyle, você sabe que sua irmã é muito sensível a respeito...

Stephan a interrompeu:

— Respondendo a sua pergunta, Kyle... era por isso mesmo que eu não vinha visitar vocês, mas eu estava errado. Devia ter vindo antes para vocês dois não terem qualquer dúvida sobre a importância da litigação estratégica na aplicação de leis ambientais. Esse deveria ser o centro de nossa discussão.

Mark disse:

— Nossa, é bom tê-lo de volta. Sabe, estamos com projetos novos e talvez você queira se envolver.

Abanando a cabeça, Stephan disse:

— Não tenho tempo para acampar nos locais e recolher dados. Estão acontecendo muitas coisas.

Kayla disse, enquanto colocava os pratos sujos em uma pilha:

— Agora também já não fazemos isso. Nós produzimos os filmes e usamos eles para mudar a cabeça das pessoas. Você sempre soube a melhor maneira de enquadrar as mensagens. Na verdade, alguns dos seus filmes velhos ainda são usados para provocar mudanças. Imagine o impacto que você poderia ter atualmente.

— Ela está certa — Mark interrompeu. — Seu engajamento com a proteção ambiental, junto com o seu crescente sucesso no negócio dos computadores, faz de você uma voz respeitada em todo o mundo.

— Na verdade, eu não vejo como... — Stephan disse.

Mark fez um gesto com a mão, interrompendo-o:

— Pense sobre isso.

"Por que eu concordei com isto?", pensou Stephan enquanto ele e Nicole entravam no quarto que Kayla havia preparado. Era decorado com muito bom gosto, com cores neutras, enfeitado com os desenhos das crianças que foram emoldurados por Mark. Era um quarto caloroso e acolhedor, perfeito para qualquer noite menos aquela. Ele e Nicole ficaram em pé, lado a lado, no fundo da cama larga, sem se mexer ou conversar.

Finalmente, Nicole falou, com um toque de humor nervoso na voz:

— Não pensei que ia ser tão estranho quando concordei em vir aqui.

"Ah, vai ficar pior ainda."

— A porta não fecha. Eu verifiquei quando vim deixar nossa bagagem — Stephan acrescentou, suavemente.

— Acho que ouço as vozes das crianças no quarto aqui do lado — disse Nicole, olhando a parede que ficava apenas a uns passos da cama.

— Não é exatamente o ambiente ideal, certo?

— Não — Nicole concordou, com um pequeno sorriso. — Você está desiludido?

"Inferno! Sim!", Stephan quase compartilhou sua reação inicial, mas depois percebeu a expressão de Nicole. Ela parecia vulnerável e esperançosa. Ele estendeu a mão e segurou a dela na sua:

— Claro que sim, mas consigo sobreviver a uma noite.

— Mas não vamos ficar aqui por duas? — perguntou Nicole, surpresa.

— Apenas se quisermos — murmurou ele, sugestivamente. Seus olhos cinza escureciam de desejo. Ele a puxou para mais perto e acariciou suas costas suavemente com uma mão, sobre o tecido fino da blusa. Se Nicole continuasse olhando para ele daquele jeito, Stephan esqueceria a boa educação e sairia correndo com ela para dormir em um hotel.

Ele colou seu corpo no dela. Nicole arqueou seu belo pescoço, o olhou e Stephan não resistiu. Ele colou a sua boca na dela. No início, um gosto fugaz apenas, mas depois, quando os lábios de Nicole responderam, se entregaram ao beijo.

Os braços de Nicole deslizaram pelas costas dele, agarrando-o. A boca de Stephan explorava a dela, convidando-a a abrir-se mais. Ela cedeu e seu gemido de prazer quase o deixou fora de controle.

Era fácil esquecer onde estavam. Ele interrompeu o beijo e o som de suas respirações irregulares, por momentos, bloqueou todos os outros. Ele disse:

— Se vamos ficar aqui esta noite, isso não é boa ideia.

— Você tem razão — concordou Nicole, pousando sua cabeça no peito dele.

Ele acariciou suavemente os braços dela, apreciando sua pele macia.

— Agora não podemos ir dormir num hotel. Eles não entenderiam. Bom, Mark e Kayla sim, mas as crianças não.

— Não queremos ofender as crianças — Nicole concordou, ofegante. Não estava tornando as coisas mais fáceis.

Ela olhou para Stephan sob seus longos cílios, seus olhos cinzentos queimando de desejo e não pôde resistir. Stephan encontrou de novo a ávida boca de Nicole. De repente todas as razões pelas quais aquilo parecia uma má ideia desapareceram de sua cabeça. Ele a carregou nos braços e a colocou sobre a cama, rolando com ela sobre as cobertas felpudas. O recente gosto de Nicole por vestidos ousados tornava o acesso mais simples, mas não o suficiente. Ele lutava contra cada centímetro que a sua roupa ainda cobria, precisando desesperadamente de vê-la toda nua, precisando provar o que por tanto tempo havia sido proibido.

As mãos macias da moça desapertaram a camisa de Stephan e exploraram seu corpo, levando-o à loucura. Ela deslizou a mão sob o cinto dele, nas costas. As mãos dele pararam quando ele percebeu o que ela pretendia fazer. Nicole deslizou a mão sobre o quadril dele e Stephan suspendeu a respiração, incapaz de pensar ou se mover, apenas esperando.

— Mamãe! Kyle comentou de novo sobre meu blog! — a voz de Kara ecoou no corredor e foi seguida pelo som da menina andado para o quarto dos pais.

Nicole riu baixinho contra o peito de Stephan e retirou sua mão. Ele rolou na cama, ficando de costas e a puxou sobre ele. O corpo de Nicole ficou por cima, o cabelo dela caindo sobre o seu rosto e o peito nu de Stephan. Para ele, Nicole jamais esteve tão bonita.

— Você está achando engraçado? — ele murmurou na orelha dela.

Ela sorriu e balançou a cabeça, seus olhos brilhando como sorriso:

— Fico esperando que Kara abra a porta do nosso quarto.

— Acabaríamos no blog dela. — Ele acariciou distraidamente o cabelo escuro de Nicole. O seu corpo não ia se acalmar tão rápido quanto a sua cabeça. Continuava pulsando e torturando-o.

"Você não vai morrer por causa disso", ele se repreendeu. Embora se lembrasse vagamente daquela sensação, na época em que frequentava o ensino médio e acreditava que se sentir assim podia ser fatal, aquele nível de frustração era estranho em sua vida adulta.

Como se lesse seus pensamentos, Nicole mudou de posição, tentando se afastar. Stephan a segurou contra seu corpo.

— Fique aqui. Eu sei me controlar.

Inclinando a cabeça para um lado, Nicole deu a ele um sorriso adorável e sexy e disse:

— Não é com você que estou preocupada.

Ele gemeu.

"Ela está querendo me matar. Só pode."

Eles ficaram deitados. Sem se mexerem. Sem falar.

Apenas querendo.

Nicole disse suavemente:

— Stephan?

— Sim?

— Eu sei que esta noite não está sendo como havíamos planejado, mas estou feliz por estarmos aqui. Seus amigos são muito legais.

O coração de Stephan bateu forte no peito. Os sentimentos sobre aquele final de semana estavam tão emaranhados que ele não sabia mais o que sentia sobre aquela viagem. Não queria se sentir feliz por ela achar seus amigos legais, mas se sentia. Seria esperar demais que seus amigos achassem ela uma completa fraude, em vez de puxá-lo para um lado para dizer o quanto a achavam maravilhosa? Por que ela precisava ser tão perfeita?

— Sim, eles são muito legais — ele respondeu, distraído.

— E os filhos deles são incríveis, tão inteligentes.

"Então, Nicole quer conversar. Ok, vamos conversar."

— Mark e Kayla acreditam que conhecimento é poder e, evidentemente, estão passando essa crença para os filhos. — Para Stephan, estar na casa dos Allen causava uma sensação agridoce. Eles tinham a vida que, um dia, Stephan sonhara para si próprio.

"Um casamento saudável. Sonhos compartilhados. Filhos maravilhosos. Eles têm tudo isso. E o que eu tenho? Apenas esse final de semana."

Nada nesse mundo impediria Stephan de, no dia seguinte, quando a regata acabasse, levar Nicole para um hotel. Finalmente, ele a possuiria. Apesar de o seu sangue correr mais rápido quando pensava nisso, a sensação de triunfo não era forte.

Nicole lhe pertencia durante o final de semana. Talvez durante as próximas semanas.

"E depois?"

A Califórnia o estava enlouquecendo.

"E depois? Depois termina."

O plano sempre foi esse. Imaginar qualquer outro cenário era irreal e perigoso. Nicole acariciou o peito dele com um dedo, como se pudesse ler seus pensamentos. E disse:

— Kara me perguntou se eu trabalhava com alguma obra beneficente.

— Isso é bem típico da Kara. O que você respondeu?

Nicole afastou uma madeixa de cabelo da frente de seu rosto.

— Eu disse que não. Nunca fiz isso. Sou uma pessoa ruim por nunca ter pensado nisso até essa noite?

Por que tudo o que ela dizia só fazia ele se odiar mais?

— Não seja tão dura com você mesma, Nicole. Seu pai não era exatamente o mais generoso dos homens.

— Mas estou quase com 30 anos, Stephan. Por quanto tempo vou continuar culpando meu pai por aquilo que eu sou? Quando vai passar a ser minha culpa?

— Nicole...

Nicole balançou a cabeça discordando das palavras que ele sequer havia dito.

— Estou falando sério, Stephan. Olhar para mim com os olhos da Kara foi bem esclarecedor, para dizer o mínimo. Passei tempo demais sentindo pena de mim mesma, pensando apenas em mim mesma.

Aquela sensação de fogo no estômago era bem pior que uma paixão não correspondida. Ele não queria dar um nome para isso. Há coisas que é melhor negar até para nós mesmos.

— Você lutou defendendo os executivos da empresa do seu pai.

— Porque eu não queria perdê-los. Eu estava preocupada comigo. — Ele ia dizer alguma coisa, mas ela afastou o corpo, se colocando de lado, um braço debaixo da cabeça. — O que você acha de eu leiloar a casa do meu pai com tudo o que tem dentro e dar o dinheiro para um abrigo de vítimas da violência?

Ele se virou para ficar de frente para ela, dobrando um braço para segurar a cabeça.

— Eu me pergunto o que aconteceu de tão grave naquela casa. — Nicole fechou os olhos. Stephan passou um dedo pelo rosto dela. — Conta.

Quando ela abriu os olhos, o corpo de Stephan ficou tenso com ansiedade e fúria. Alguém tinha machucado profundamente aquela mulher. Ele jamais vira aquela expressão nos olhos de Nicole e entendeu que ela nunca havia permitido que ele ultrapassasse as suas barreiras de defesa. Aquela era a face que ela sempre escondia do mundo. Ele hesitou entre abraçá-la para confortá-la, ou levantar da cama e ir trancar a porta antes que fosse tarde demais. Em vez disso, ele controlou a respiração e esperou.

Ela olhou nos seus olhos e disse:

— Meu pai era um homem violento. Bastava uma palavra para mudar o seu humor. Quando éramos pequenos ele surrava minha mãe. Dominic e eu fugíamos para o fundo da casa quando o ouvíamos gritar porque sabíamos o que ia acontecer em seguida. Quando fomos ficando mais velhos, Dominic começou a recusar se esconder e meu pai passou a descarregar sua fúria nele também. — Nicole olhou para além de Stephan, fixando seus olhos na parede, como se revisitasse mentalmente aquela época. — Eu tinha 13 anos quando minha mãe desapareceu. Durante um período a polícia ia todo dia na nossa casa. Eles diziam que ela tinha abandonado a família, mas Dominic imaginou algo bem pior. E não desistiu. Ele exigiu que meu pai contasse o que havia acontecido com ela. Papai tentou intimidar, mas Dominic jamais se assustou e então foi obrigado a escolher: parar de procurar minha mãe ou perder tudo. Dominic foi embora nessa noite. Ele disse que só voltaria quando encontrasse nossa mãe.

Pela primeira vez, Stephan sentiu um pouco de admiração pelo homem que odiava fazia tanto tempo. Dominic enfrentou um pai cruel, um homem que muita gente temia, e abdicou de sua própria herança para procurar a mãe. Stephan não queria ver nada de bom em Dominic. No entanto, agora sentia pelo rival um relutante respeito.

— O que aconteceu depois que Dominic foi embora? — Stephan precisava saber. Seu coração estava apertado dentro do peito.

"Por favor, me diga que a situação melhorou. O que eu posso fazer com tanto ódio contra um homem que, infelizmente, já está morto?"

— Thomas, o advogado da nossa família, foi lá em casa e ameaçou meu pai. Eles eram amigos desde crianças e Thomas era a única pessoa que sempre enfrentava o meu pai. Naquela noite eles gritaram bastante um com o outro e depois tudo ficou mais calmo. Eu escapei até o corredor para ouvir. Thomas disse a meu pai que se ele colocasse um dedo em mim não haveria lugar no planeta onde pudesse se esconder, e que ele sabia demais sobre os negócios dele, e o arruinaria se ele fosse atrás de Dominic. Meu pai jurou que não tinha matado a minha mãe e Thomas respondeu que não interessava. Disse que não haveria aviso, apenas retaliação, se meu pai ultrapassasse a linha outra vez.

— Mas ele deixou você lá? — Stephan estava tão furioso com o que estava ouvindo que mal conseguia pensar direito.

— Sim — ela murmurou.

— Você devia estar apavorada — disse, sua voz cheia de emoção. Ele a puxou para junto de seu peito, respirando pesadamente no cabelo dela. Ela não recusou o abraço, mas não retribuiu, demasiado perdida em suas memórias para poder fazê-lo.

— No início eu estava, sim. Mas depois meu pai nem mesmo levantava a voz comigo. Alguma coisa morreu dentro dele naquele ano. Os tempos ruins acabaram, mas a verdade é que não houve tempos bons. Uma vez eu até tentei fazer ele ficar furioso comigo. Eu pensei que, se ao menos ele me surrasse, precisaria me olhar para fazer isso. Mas ele apenas foi embora, como se não suportasse me ver. E isso era a única coisa que eu queria, que ele me visse.

Stephan encaixou a cabeça dela sob o queixo dele e sentiu as lágrimas de Nicole através do tecido fino da camisa.

— Eu gostaria... — ele sussurrou e enterrou o rosto no cabelo dela. Se ele soubesse daquilo tudo, teria sido gentil quando Nicole foi procurar ajuda em seu escritório. Não teria sido tão rápido em pensar o pior sobre ela, sete anos atrás. — Eu não sabia, Nicole. Se eu soubesse...

Nicole se recostou na cama, colocando uma reconfortante mão no rosto de Stephan. Ele tinha o rosto úmido das recordações e os olhos cheios de emoção.

— Não seria bom. Eu não teria abandonado meu pai. Eu o odiava tanto e também o amava tanto. Quando disseram que minha mãe morreu, Dominic ficou obcecado em destruir tudo o que nosso pai havia construído. Seus constantes ataques me fizeram proteger o meu pai. Doido, não? Eu o odiava, mas achava que ele precisava da minha ajuda. Dominic devia ser meu herói por tê-lo enfrentado, mas eu fiz tudo o que podia para proteger meu pai. Por quê?

— Porque ele era seu pai.

Nicole abanou a cabeça, tristemente.

— Não lamento que ele esteja morto e não estou fazendo o papel da filhinha dedicada. Estou feliz por tudo ter terminado. Agora posso tocar minha vida para a frente. Não quero voltar a sentir raiva ou medo de novo. Quero me rodear de pessoas sinceras e amorosas. Não posso mudar minha infância, mas agora posso escolher quem faz parte da minha vida. — Ela acariciou o rosto dele. — Pessoas como você e a sua família. Gente boa.

As palavras dela o atingiram em cheio.

"Não como eu", Stephan pensou.

Em outros tempos, ele tinha sido o homem que ela buscava, mas já não era assim.

Ele pôs os braços em torno dela e disse:

— Está tarde, Nicole. Vamos dormir.

Ela enrugou a testa, preocupada.

— Eu falei alguma coisa errada?

Stephan apagou a luz do lado da cama.

— Não, só estou cansado. — Ele rolou para seu lado da cama, se afastando dela.

— Ok — disse Nicole devagar, com a voz triste. E se virou para o seu lado da cama.

Stephan esperou até que a respiração dela ficasse mais profunda para ter certeza de que estava dormindo. Então, ele levantou da cama e foi sentar em uma cadeira, no canto do quarto. Ele se sentia esmagado pela culpa enquanto a observava dormindo. Não tinha o direito de dormir com ela quando Nicole tinha vindo até ele honesta e abertamente, não quando ele sabia que aquela união não suportaria o plano que ele tinha posto em marcha.

Ela resistiu e sobreviveu.

Havia sido um erro viajar para a Califórnia com Nicole. Ficar com ela durante o resto do final de semana seria um erro ainda maior. Na manhã seguinte ele diria que recebera um chamado urgente de Nova York – um problema com o trabalho que só ele podia resolver. Então, quando eles tivessem voltado, Stephan trataria dos documentos para transferir a Corisi Ltda. de novo para Nicole, e anunciaria que haviam rompido o noivado. Quanto mais depressa ela saísse da sua vida, melhor para os dois.

O plano era perfeito, possuía apenas uma falha. Stephan recostou na cadeira e fechou os olhos, resignado. Ele a amava.

DEZESSEIS

No domingo pela manhã, Nicole sentou na pequena mesa da cozinha de Stephan... sozinha. No dia anterior, eles tinham voltado correndo para Nova York porque ele precisava resolver uma situação de emergência na empresa. Ele a mandara para a cobertura em uma limusine e seguira direto para o escritório. Nicole esperou Stephan chegar até bem depois da meia-noite, mas ele não voltou para casa. Então, agora ela estava ali sentada, completamente sozinha, tendo à sua frente o café da manhã para dois que a cozinheira havia preparado.

O motorista ligou da portaria, mas, em vez de descer, Nicole mandou ele subir. Ele olhou demoradamente o pijama da moça antes de dizer:

— Você não vai sair hoje?

— Não.

— Também não vai tomar uma ducha?

— Talvez. Quer um café? — Ela fez um gesto em direção à xícara extra sobre a mesa.

— A coisa tá preta, hein? — Jeff perguntou, sentando-se com ela à mesa.

Nicole colocou os pés sobre a cadeira e agarrou as pernas.

— Eu estraguei tudo na Califórnia.

Jeff arrastou os ovos mexidos pelo prato antes de comer um pouco e depois perguntou:

— Qual é a sua definição de estragar tudo?

— Tudo estava correndo superbem. Os amigos dele eram muito simpáticos. Nós estávamos superligados. Nos beijamos. Foi bem quente. Quer dizer, foi o melhor beijo da minha vida. Eu já transei antes, mas aquilo...

Jeff a interrompeu:

— Vamos direto ao ponto em que você estragou tudo.

— Eu contei sobre a minha família.

— E?

— E ele quase não falou comigo no voo de volta. Ontem à noite não voltou para casa. Não quero ligar porque ele disse que nossa volta às pressas tinha a ver com alguma coisa do trabalho.

— Mas?

— Mas eu não acredito. Ontem ele estava superinfeliz. Não é que ele não tenha se interessado quando eu contei tudo, mas depois ele não voltou a me olhar. Eu não sei o que isso quer dizer.

Jeff bebeu um pouco do café frio que estava em sua xícara.

— Pode ser um sinal muito bom ou muito ruim.

Nicole quase sorriu:

— Uau, você está me ajudando muito!

Jeff afastou a cadeira e ficou em pé.

— Eu não sou vidente, caso você ainda não tenha percebido. Mas se quer mesmo saber o que ele está pensando só há uma maneira de descobrir.

Nicole também ficou em pé.

"Estou tão desesperada que faço qualquer coisa", ela pensou e depois perguntou:

— Qual?

Jeff respondeu:

— Pergunte a ele. Eu estou lá em baixo, caso você precise de mim. — E saiu, fechando suavemente a porta ao passar.

Uma hora mais tarde, vestindo sua calça de yoga, camiseta e tênis, Nicole saiu do edifício onde Stephan morava. Havia uma pequena cafeteria uma quadra à frente. O sol estava brilhando.

"Talvez uma caminhada ajude a esfriar minha cabeça", ela pensou.

Jeff estava certo. Em vez de ficar dando voltas em sua cabeça, com medo de ofendê-lo ou irritá-lo, ela precisava perguntar para Stephan.

O amor é possível quando a gente está disposta a lutar por ele. Não era isso que Maddy sempre dizia?

"Então, por que continuo aceitando tudo sem protestar? Eu podia ter perguntado tudo a Stephan em nosso voo de volta para casa. Eu podia ter exigido que ele falasse por que estávamos de fato voltando para Nova York. Se eu não estivesse com medo, é claro. Do que eu tenho medo? De perdê-lo? Ele já foi embora. De irritá-lo? Stephan não é meu pai. Ele jamais me machucaria", ela disse a si própria. Tinha caminhado apenas alguns metros quando uma mulher que parecia vagamente familiar se aproximou dela. No início, perdida em seus pensamentos, Nicole nem a notou.

— Nicole?

— Desculpe, nós nos conhecemos?

— Eu me chamo Abby Dartley. Já nos encontramos antes. Uma vez, na leitura do testamento do seu pai.

Nicole prendeu a respiração e depois a soltou, lentamente.

— Ah, sim, a noiva do meu irmão. Parabéns!

Abby usava uma calça simples, mas cara, e uma blusa clássica. Dois homens a vigiavam junto da limusine, do outro lado da rua, um era o motorista e o outro um guarda-costas. Ela não parecia se importar com a presença deles. Não precisara de muito tempo para se acostumar à sua nova vida de milionária.

— Podemos ir a algum lugar para conversar um pouco? — propôs Abby.

Nicole olhou para o relógio.

"Por que não? Meu final de semana não pode piorar", pensou.

— Eu estava indo tomar um café. Você pode vir comigo, se quiser.

Abby se aproximou mais e começou a caminhar junto com Nicole.

— Dominic tem tentado falar com você.

— Eu sei.

Quando entraram na cafeteria, pararam de conversar para fazerem o pedido e se sentarem em uma mesa bem afastada, longe de ouvidos estranhos. Abby parecia não ter pressa para quebrar o silêncio entre as duas. Nicole disse:

— Bom, diga logo o que você tem para dizer. O que o Dominic quer?

Abby não se irritava tão facilmente quanto Nicole imaginava.

— Seu irmão está verdadeiramente preocupado com você.

Nicole olhou para baixo, para o café dentro do copo.

— Diga a ele que não há por quê.

— Ele ama você, Nicole. Ele pode não conseguir demonstrar, mas...

Nicole levantou seus olhos para encontrar os de Abby e disse:

— Há quanto tempo você o conhece? Um mês? Eu o conheço por toda a minha vida. Ele só se preocupa com uma coisa: Dominic.

— Isso não é verdade. Ele decepcionou você. Sabe isso e faria tudo para remediar a situação e se entender com você.

— Foi isso que ele disse? Que tinha me decepcionado? Está pensando que um pedido de desculpas resolve o que ele fez comigo? Primeiro, ele me abandonou, igual à nossa mãe, e depois, quando eu encontrei uma família que se preocupava comigo, ele os afastou de mim. Tenho certeza de que ele não contou essa última parte para você — disse Nicole, furiosa.

Abby não vacilou. Sua voz se manteve suave e firme.

— Ele contou, sim. Isso não é algo de que ele se orgulhe. Ele tinha apenas 17 anos quando a mãe de vocês foi embora, nem era um adulto ainda. Você não pode odiá-lo pelas coisas que ele fez há quinze anos atrás.

— E a família Andrade? Dominic precisava ter tomado a empresa deles? A ilha? Precisava ter construído aquela monstruosidade de metal e vidro para esfregar na cara dos Andrade a sua falta de respeito pelo seu patrimônio? Ele fez tudo isso porque me ama?

— Não — disse Abby, tristemente. — Aposto que nem ele sabe por que fez tudo isso. Ele agiu por vingança e estava errado. Dominic é teimoso e orgulhoso, mas jamais machucaria você propositalmente. Dê uma oportunidade para ele se desculpar.

— Ele teve quinze anos para isso. Agora é um pouco tarde demais. Eu quero tocar minha vida.

Nicole levantou da mesa. Abby também se levantou e parecia que queria abraçar Nicole.

— É normal você se sentir assim, Nicole. Mas Dominic está aqui, se você precisar dele. Nós dois estamos. Basta você telefonar e faremos o que for necessário por você.

Nicole jogou no lixo seu copo plástico, ainda cheio de café. Nervosa, ela sentia o estômago revirar.

— Você é muito gentil de vir até aqui defender a causa Dominic, mas não quero voltar a vê-lo. Nunca mais. Pode dizer a ele que o perdoo se ele tem alguma culpa que restou da nossa infância. Eu já não o odeio, mas também não preciso dele para nada.

— Eu entendo, mas estamos aqui em Nova York. Não vamos sair da cidade. — Ela entregou a Nicole um papel com seu número de telefone. — Guarde isso para o caso de você mudar de ideia.

Nicole pegou o papel e disse:

— Por que você se preocupa com tudo isto? O que você ganha?

Os olhos de Abby se encheram de lágrimas:

— Se Deus quiser, mais uma irmã. — E foi embora.

DEZESSETE

No domingo à noite, Nicole decidiu ficar acordada esperando Stephan voltar para casa. Eles precisavam conversar. Ela havia tomado decisões que diziam respeito aos dois.

Depois de sair da cafeteria, Nicole deu um longo passeio pelo Central Park. A brisa fresca e o sol quase haviam desaparecido enquanto ela passeava no meio da multidão que também quis aproveitar aquele lindo dia de verão ao ar livre.

Antes de voltar para casa, ela parou no Belvedere Castle e ficou vendo o lago Turtle. Quando era criança, vinha até ali com Dominic muitas vezes. Aquele era o lugar preferido dos dois para passear com a mãe quando vinham à cidade. Os Corsini, tal como os Andrade, não tinham babás para as crianças, mas por razões bem ruins. Os serviços de limpeza podiam ser marcados e cancelados sem necessidade de interação com a família. Mas com babás era diferente, elas saberiam o que acontecia na casa.

Eles brincavam nas pedras em volta do castelo e Nicole costumava fingir que era uma princesa presa em uma masmorra por um dragão malvado. Na fantasias dos irmãos, Dominic sempre a salvava das garras do monstro.

"É isso que eu receio quanto a ele? Que, no final, não seja um herói, mas apenas um homem? Ele é a única família que me resta", ela pensou. George e os outros eram pessoas de quem gostava muito, e que gostavam muito dela, mas não eram família de verdade. Os Andrade eram a família que ela sempre sonhou ter, mas não eram a família dela. Não por enquanto. E talvez nunca chegassem a ser. Apesar das desavenças entre eles, Dominic era seu irmão. Abby disse que ele a amava e Nicole começava a acreditar nisso.

Ele telefonava todos os dias desde que se encontraram para a leitura do testamento e apesar de ela jamais ter atendido os telefonemas, ele não desistia. E se Abby estivesse certa, e ele estivesse tão arrependido de toda a situação como ela própria? Conseguiriam ultrapassar as mágoas para voltar a ser uma família? Ou era tarde demais?

Nicole se assustou ao ouvir o clique da porta se abrindo. Stephan chegava em casa. Ele não ia gostar do que ela tinha a dizer, mas talvez era disso que precisassem – honestidade, simplesmente. Nicole precisava parar de tentar fazer com que ele agisse como ela queria. Parar de esconder dele os seus sentimentos. Se não fossem capazes de conversar – conversar de verdade – então não valia a pena lutar para ficarem juntos.

Nicole o encontrou no saguão, enquanto ele ainda tirava o paletó e afrouxava o nó da gravata. Ele parecia não ter dormido desde o momento em que se separaram.

— Você não voltou para casa ontem — ela disse, tentando manter um tom de voz neutro.

— Verdade. — Ele passou a mão por seu cabelo loiro e despenteado. — Me desculpe, mas eu precisei resolver um monte de coisas.

— Sério? — ironizou Nicole, caminhando atrás de Stephan até o salão. — Não acredito.

Ele não se voltou para olhá-la.

— Não faça isso, Nicole.

Ela se colocou bem diante dele e o olhou diretamente nos olhos:

— Faço, sim. Tenho o direito de saber o que aconteceu. Antes de viajarmos para a Califórnia eu achei que, no mínimo, éramos amigos. Depois, na casa dos Allen, rolou todo um clima entre a gente. Não é imaginação minha, rolou mesmo. Então, o que mudou? Por que você não olha mais para mim?

— Vamos parar com isso, tá? — A voz dele ficava mais alta a cada palavra.

Nicole sentiu seu corpo ficar tenso mas não tinha medo. Ele não era o seu pai. Ela não precisava ter medo. Afinal, naquele mesmo dia, Nicole havia entendido que desempenhava um papel importante na maneira como os outros a tratavam.

— Não grite comigo, Stephan. Eu não admito que você faça isso.

O rosto dele se contorceu com uma emoção que ela não sabia como classificar.

— Eu jamais bateria em você, Nicole.

— Eu sei — Nicole disse suavemente, e era a verdade. A família dele falava aos gritos mas não era cruel. Ela se aproximou mais. — Eu confio em você, Stephan.

Ele deu uns passos para trás, se afastando dela.

— Mas não deve. Eu não sou o homem que você imagina, Nicole. Bem que eu gostaria. Eu só queria transar com você.

Isso é tudo o que pode existir entre nós. — As mãos deles estavam fechadas e havia tanta emoção nos seus olhos que Nicole não podia acreditar em nada do que estava dizendo. Se ele dizia a verdade, se ela não significava nada, então por que ele parecia atormentado pelas suas próprias palavras?

Ele disse:

— Nicole, lá na Califórnia eu percebi que você estava certa quando disse que a gente precisava ter um acordo puramente comercial e nada mais. Sexo só iria confundir essa situação que, de qualquer maneira, em breve estará terminada.

Nicole se aproximou.

— Não precisa ser assim, Stephan.

Os olhos azuis se enfureceram com alguma coisa que ele não podia ou não queria dizer.

— Precisa, sim.

“Por que você não olha para mim?”, ela pensava.

Aquela conversa estranha não os levaria a lugar algum naquela noite. Então, o melhor mesmo era mudar de assunto:

— Vou telefonar para o meu irmão.

Stephan levantou a cabeça, surpreso:

— Por quê?

“Eu preciso fazer isso, mesmo correndo o risco de perder ele de novo”, Nicole pensou, esfregando suas mãos geladas.

— Eu vou encontrar com ele amanhã, na casa do meu pai. Não posso passar o resto da minha vida odiando-o por causa do que meu pai fez com a nossa família. — Stephan não disse nada. Ele apenas balançava ligeiramente a cabeça. Nicole continuou a falar: — Mas isso não muda nada. Eu não vou contar a ele que nós não estamos noivos de verdade e você continuará sendo o dono da patente.

— Eu não quero a patente — ele disse, áspero, e mais uma vez deu as costas a ela.

— Mas foi por causa dessa patente que você fez tudo isto, certo? Em parte por que eu ajudei Maddy e em parte pelo lucro que você vai ter com a conversão do software... — Ela pôs a mão nas costas dele, tentando obrigá-lo a se virar. Os músculos dele latejaram com o toque de Nicole.

— Vá encontrar seu irmão — disse Stephan se afastando. Antes de Nicole ter tempo de perguntar mais alguma coisa, ele entrou no quarto e fechou a porta.

DEZOITO

Na manhã de segunda-feira, Nicole tomou o seu café da manhã sozinha antes de pedir para Jeff a levar até a antiga casa de seu pai. Pensou em vários locais onde poderia encontrar o irmão. No fim, decidiu que eles precisavam se encontrar no mesmo lugar onde tudo começou.

Nicole acabava de abrir a porta que dava para o enorme saguão da casa do pai quando a limusine de Dominic entrou no jardim e estacionou atrás da sua. Ela o viu sair do carro e, depois, oferecer o braço para Abby. Ele falou com ela como se estivesse preparando Abby para o que aconteceria a seguir e depois se inclinou e a beijou gentilmente, segurou a sua mão e caminharem juntos até a casa.

"Ele a ama. Ele a ama de verdade", pensou Nicole.

Ela os esperou no saguão e então os três ficaram em um penoso silêncio até que Nicole disse:

— Obrigada por ter vindo aqui.

— Você achou que eu não viria? — perguntou Dominic, asperamente.

Abby deslizou para baixo do braço dele e o abraçou. Era muito bem-vinda naquele encontro. Nicole e Dominic nunca foram muito bons em puxar papo.

Nicole ofereceu uma trégua:

— Se você não viesse, eu não o culparia.

Abby olhou em volta, para as caixas espalhadas por todas as salas.

— Você está se mudando?

— Sim. Decidi que vou leiloar a casa e todas as coisas que estão dentro dela. Por isso, Dominic, se você quiser alguma coisa, pegue agora. A leiloeira vai mandar alguém para fazer a avaliação e o catálogo, e me pediu para separar as peças que eu quero guardar.

Dominic fez uma careta.

— Não quero nada dessa casa.

Nicole respondeu:

— Eu também não. — Ela hesitou um pouco e depois acrescentou: — Eu vou dar o lucro da venda para um abrigo de vítimas de violência.

Abby comentou:

— Você vai fazer uma coisa linda!

— Me pareceu... apropriado. Está na hora de enterrar meu passado.

Dominic – o forte e cruel Dominic – corou e seus olhos brilharam de emoção. Ele deu uns passos na direção de Nicole, depois pareceu pensar melhor e parou.

— Lamento muito, Nicole. Lamento muito mesmo por não ter sido o irmão que você precisava.

Nicole esfregou as mãos, tentando manter a compostura:

— Nosso pai destruiu nós dois, Dominic.

Inacreditavelmente, Dominic disse:

— Eu quero compensar, Nicole. Preciso compensar.

A reflexão sempre trazia o entendimento.

— Você não pode, Dominic, e talvez nossa cura comece quando aceitarmos isso. O passado está lá atrás. Precisamos enterrá-lo junto com papai.

— Então, onde vamos parar? — perguntou ele, em um tom de voz quase humilde.

— Não sei. Mas nunca pensei que pudéssemos chegar tão longe.

Não houve abraços. Era demasiado cedo para fazerem algo além de olharem um para o outro através de um abismo, sabendo que a culpa de tudo aquilo não era deles.

— Eu deveria ter voltado para buscá-la, Nicole — disse ele, sério.

— E eu deveria ter ido embora quando fiquei com idade suficiente. Nós não podemos alterar os erros que já cometemos. Amar alguém implica perdoar a pessoa por não ser perfeita, mas Nicole também estava aprendendo que precisava perdoar a si mesma.

Dominic deu um passo em direção à Nicole, a determinação marcando cada linha do seu belo rosto.

— Não, mas nós podemos garantir que não voltaremos a repeti-los. Nicole, você não pode se casar com o Stephan.

Vuuuuuuup! A porta que se abria entre eles se fechou com estrondo. Nicole se afastou do irmão:

— Não fale sobre o Stephan.

Dominic deu alguns passos para ficar na frente dela:

— Eu sei que você não quer ouvir isso, mas seja o que for que ele contou... seja lá como for que ele convenceu você a ficar noiva dele... ele estava te usando. Eu não sei o que ele acha que vai ganhar com isso, mas ele está mentindo para você.

Abby o interrompeu:

— Dominic, nós não podemos ter certeza disso.

Dominic protestou:

— Você pode não ter certeza, mas eu tenho. Ele está usando ela para chegar até mim.

Uma chama de fúria se acendeu nos olhos de Nicole. Ela avançou até ficar do lado do irmão. Sua voz tremia de emoção:

— Então, meu relacionamento com ele é por sua causa, Dominic? Não pode ser por minha causa, certo? Ele não pode me amar? Tudo tem de girar em torno do grande Dominic Corisi.

— Eu não estou dizendo isso, Nicole. Eu só não quero que ele te machuque.

— Me machucar? Stephan me salvou. Sabe o que mais? Nosso noivado não é para valer. Ele só está fazendo um favor para mim. Imagine. Ele se preocupa comigo o suficiente não só para fazer isso por mim mas também para colocar o dinheiro dele no negócio, arriscando a sua reputação por minha causa. E o que ele pediu em troca? Nada! Porque não é igual a você, Dominic. Ele não joga com as suas regras. Ele é um homem bom. Um homem decente. — Lágrimas de raiva escorriam pelo rosto de Nicole.

— Não acredito que Stephan não queira nada de você. — O rosto de Dominic estava vermelho de raiva.

— Porque você está julgando ele com os seus parâmetros. Mas ele não é você. Ele defende seus parentes e amigos. E mesmo depois de tudo o que você fez com ele – com nós dois – aceitou me ajudar quando eu pedi. Por isso, não venha me dizer o que acha sobre ele.

O celular de Dominic tocou. Ele respondeu com aspereza:

— Não, não é uma boa ideia. Ela não pode fazer isso hoje. Fique na limusine.

— Eu não posso fazer o quê?

— Nada. Nada que nós precisemos fazer hoje.

— Mais mentiras? Como poderemos deixar o passado para trás se não conseguimos ser honestos um com o outro?

Abby avançou, se colocando entre Nicole e a porta:

— Nicole, dessa vez eu preciso concordar com o Dominic. Hoje não.

Uma névoa vermelha turvou a visão de Nicole, como se ela ficasse doente.

— Quem diabos está na limusine? Quem, Dominic?

Nicole passou correndo pelos dois saiu da casa e desceu os degraus de pedra até os carros. Ela caminhou até a limusine de Dominic.

"As mentiras vão acabar hoje!", decidiu em sua mente.

Ela abriu a porta da limusine e a fechou de novo, imediatamente.

— Jeff, me tire daqui, agora — Nicole pediu, já sentada no interior seguro do veículo.

Ele deu a partida e usou o comando remoto para abrir o portão. Apesar de estar dirigindo, a atenção dele continuava focada na cena que via acontecer no jardim.

— Você tem certeza? É que tem um monte de gente vindo atrás da gente... até uma velhinha.

Nicole apertou o estômago com as duas mãos.

— Tenho certeza, sim! Essa senhora é minha mãe, que eu julgava morta. Se você não quer que eu enlouqueça, me tire daqui.

Ele obedeceu.

— Tem certeza que é a sua mãe e não uma prima ou uma...

— ... Irmã gêmea? Não, era mesmo minha mãe. Há coisas que a gente sempre sabe. Ai meu Deus! Minha mãe ainda está viva. Eu devia estar feliz, né? Quer dizer, minha mãe não morreu. Por que ela não está morta? Dominic disse que todos os investigadores garantiam que ela tinha morrido na Itália, há dez anos. Por que ele mentiu?

Jeff a interrompeu com aquele seu tom irritantemente sensato:

— Se voltarmos atrás você pode fazer todas essas perguntas a eles.

Nicole desatou a rir e a chorar ao mesmo tempo, histérica:

— Minha mãe não está morta! — "Minha mãe não está morta", repetiu as palavras em sua mente até chegar a uma dolorosa conclusão: — Ela só me rejeitou. Eu me sentia bem melhor quando achava que ela estava morta.

Jeff deu algumas voltas ao acaso, para despistar alguém que viesse atrás deles. Mas ninguém os seguia.

— Para onde vamos?

Só havia um lugar para onde ela poderia ir.

— Me leve à empresa de Stephan.

Jeff olhou para ela através do espelho retrovisor.

— Eu acho que você não devia aparecer lá assim.

A raiva que fazia o estômago de Nicole doer não deixava espaço para mais nada. Ela precisava saber.

— Dominic disse que Stephan tinha uma outra razão para me ajudar… uma razão que não tinha nada a ver comigo e tudo a ver com Dominic.

Jeff perguntou:

— E você acha que ele vai dizer o que é?

Nicole cruzou os braços sobre o peito.

— Ah, vai sim! Eu vou arrancar a verdade daquele safado.

DEZENOVE

— Nicole deve ser mesmo muito boa de cama para você estar com tantas ilusões, meu amigo.

— Deixe Nicole fora disso — Stephan murmurou. — Você pode remover o vírus? Não interessa quanto vai me custar, você pode reverter o processo?

— Acho que você não entendeu o que eu disse. Eu não quero remover o vírus. Eu infectei aquele sistema para ficar famoso no mundo dos hackers, no mundo dos hackers anônimos. Não quero ficar famoso por ser estúpido, voltar atrás e entrar no programa para desfazer o que havia feito. Isso não é um jogo. Não existe um botão para desligar.

— A situação mudou. Eu não posso continuar com isso.

— Para mim não mudou nada. No próximo mês, quando Dominic conectar o software dele, o servidor vai dar tanto problema que ele vai ser a gozação de toda a comunidade informática. E eu serei famoso para sempre.

— Não posso deixar você fazer isso.

— Tarde demais, Stephan. Está feito e eu não vou agir como idiota só porque seu pau ganhou consciência. Não volte a me telefonar. Se eu for pego, você vai pagar por isso. Eu sou coisa pouca. Quem eles vão querer ver nos jornais e na prisão? Um nerd que ninguém conhece ou... você, Stephan? Pense nisso. Se eu for pego, acabo indo trabalhar para algum departamento do governo, ajudando na busca por fragilidades de software, enquanto você vai apodrecer na prisão. Não volte a me telefonar.

O celular ficou mudo.

Stephan viu seu próprio reflexo no espelho, do outro lado da sala, e odiou o que viu. Como foi chegar até ali? Quando é que salvar o planeta e sua família virou aquilo?

Ele se tornou um homem igual àquele que queria destruir.

Se, pelo menos, Nicole fosse matreira e desprezível como ele imaginava, no final ele conseguiria se afastar sem problemas. Mas, não. Ela era o tipo de mulher que um homem sempre sente que precisa proteger – até dele mesmo. Ela não odiava verdadeiramente o irmão e isso tornava ainda pior aquilo que Stephan havia feito. Ele precisava contar para ela. De alguma maneira. Nicole estava acabando com as mentiras. Acabando com os jogos. Ou Stephan a amava ou não.

Ela entrou de rompante na sala dele.

— Eu amo você — disse ela, desafiante. — Amo desde aquela época, sete anos atrás, quando me importunou até eu aceitar sair com você. Eu o amei mesmo quando achei que você me odiava. E essas três semanas em que estamos juntos estão sendo a melhor época da minha vida. Mas preciso saber se você está mentindo para mim, Stephan. Isso é verdadeiro? Você me ama ou é apenas um jogo doentio de vingança contra o meu irmão? Eu preciso saber a verdade. Eu mereço saber a verdade. Dominic acha que tudo tem a ver com ele. Diga que é mentira.

Ela ficou de pé, na frente da mesa dele, respirando e esperando. Nicole se sentiu golpeada no peito quando ele não respondeu. Ele continuou ali sentado, com um ar de culpa.

— Cafajeste... Quando você ia me contar?

Ele ergueu um ombro, indiferente.

— No início não importou porque eu aceitei, não é? Eu usava você da mesma maneira que você me usava.

— E o que você ganhou ficando meu noivo? — Stephan ia responder, mas ela o interrompeu: — Não, eu não quero saber. Estou de saco cheio de tudo isso. Você, meu irmão, essas mentiras. Eu não aguento mais tanta mentira.

— Nicole, eu...

— O quê? Você vai dizer que também me ama? — Ela riu sem humor. — Droga, por que não? Diga! Mesmo que seja mentira, não interessa... Parece que eu não conheço ninguém capaz de falar a verdade.

Ela se preparou para sair. Ele correu para a porta:

— Para onde você vai? — Stephan exigiu saber.

— Não sei e não finja que interessa. — Ele estendeu a mão para tocá-la, mas ela desviou o corpo e ameaçou: — Não me toque. Não me toque nunca mais.

Segurando as lágrimas, Nicole saiu da sala de Stephan e entrou no elevador, descendo até a rua onde Jeff e a limusine a esperavam. Ali, começou a chorar.

— Para onde? — perguntou Jeff.

— Você não vai me perguntar como correu? — Ela se surpreendeu, o cansaço estampado em sua voz.

Dando partida no carro, Jeff balançou a cabeça:

— Não. Para dizer a verdade, não.

Nicole bateu com a mão no assento do lado do dela.

— Dominic estava certo. Tudo era por causa da rivalidade estúpida entre eles dois. Stephan nunca me amou. Eu duvido que ele queira saber alguma coisa a meu respeito. Para eles, é apenas um jogo. Talvez por isso Dominic não para de telefonar para mim. Ele queria ganhar e, dessa vez, o prêmio era eu. — Quanto mais pensava em tudo aquilo, mais Nicole se sentia furiosa. Ela se voltou para Jeff: — Você acha que sabe tudo. Certo? Tudo isto não passa de uma competição entre dois egos inflados? Então? Jeff, o que você tem a dizer sobre isto? Qual é seu sábio conselho?

Jeff deixou cair um pouco os ombros.

— Sinto muito que as coisas tenham corrido desse jeito para você, Nicole. Só isso. Lamento que você esteja passando por tanto sofrimento.

Nicole relaxou em seu assento. Nada daquilo era culpa dele.

— Eu também, Jeff. Eu também.

— Onde está meu pai? — perguntou Stephan para o tio que veio a seu encontro depois de um dos empregados anunciar sua chegada.

O sorriso de Alessandro foi substituído por um olhar de preocupação, mas ele não perguntou nada.

— Victor está lendo na minha biblioteca.

Stephan começou a caminhar para lá mas a voz do tio o fez parar:

— Stephan, eu estarei por perto, caso você precise de mim.

"Se ao menos eu merecesse seu apoio", pensou Stephan e, sem olhar para trás, respondeu:

— Eu sei, tio. Muito obrigado.

Reclinado em sua cadeira de couro favorita, que ele deixou nos Estados Unidos para poder usar sempre em suas visitas ao país, Victor fechou o jornal quando ouviu Stephan se aproximar. Sentia-se confortável ali, na casa de Alessandro, como se fosse sua própria vila na Itália, e se orgulhava da habilidade que o seu irmão tinha para se sentir em casa nos dois países.

Stephan entrou na biblioteca e ficou de pé humildemente junto à cadeira do pai, incapaz de olhá-lo nos olhos, como não acontecia desde sua infância – no dia em que ele quebrou o vidro do carro de um convidado e correu para confessar. Mas agora era pior. Muito pior.

— Papai, preciso falar com o senhor.

Ele nem precisou dizer o quão sério era o assunto. Victor perguntou imediatamente:

— O que é? Nicole? Vocês brigaram?

Stephan encontrou os olhos do pai e balançou tristemente a cabeça:

— Quem dera que fosse simples assim, pai. Preciso contar uma coisa que vai mudar para sempre a sua opinião sobre mim.

— Você precisa mesmo contar? — Victor colocou o jornal no chão, do lado da cadeira.

— Preciso dividir com alguém.

Victor se levantou e colocou uma mão sobre o ombro de Stephan, indicando que daria todo seu apoio.

— As coisas nunca são tão ruins como a gente pensa que são.

“Ah, tem vezes que são”, pensou Stephan, e depois contou para o pai:

— Eu ajudei um hacker a infectar com um vírus o servidor chinês do Dominic Corisi. Usei meus contatos para conseguir os códigos de acesso dele.

Victor se deixou cair em sua cadeira. De repente o rosto dele ficou sério e lívido.

"Sim, foi isso mesmo que imaginei."

Não havia uma desculpa para aquilo que Stephan fez, apenas uma explicação:

— Eu estava furioso por ter perdido o contrato com os chineses e achei que ele merecia. Quando Dominic colocar o software online, ele vai perder tudo.

— Stephan! — Ele jamais havia escutado tanta decepção na voz de seu pai, e isso dilacerou a sua alma. — Como você foi capaz?

"Fiz essa mesma pergunta para mim mesmo um milhão de vezes", pensou Stephan.

Ele deu alguns passos e ficou olhando pela janela da biblioteca, incapaz de ver outra coisa que não fosse o rosto sofrido de seu pai, com uma expressão de dor que iria assombrá-lo para sempre.

— Não sei, pai. Eu estava tão determinado a ganhar aquele contrato que acabei concordando com uma coisa que eu sabia que era errada.

— Nicole sabe disso?

Sequer ocorreu a Stephan mentir:

— Ela sabe que eu a usei para atingir o irmão, mas não mais do que isso. Ninguém sabe. Provavelmente, não haverá sequer hipótese de alguém descobrir que estou envolvido nisso.

— Então por que você veio me contar, Stephan?

Ele esperava ver o pai furioso. Tinha se preparado para isso. Mas não sabia como enfrentar o sofrimento que escutava na voz dele, o seu amor incondicional evidente.

— Porque eu ganhei. Finalmente derrotei o Dominic.

— Mas?

O pai o conhecia demasiadamente bem.

— Mas eu não vou conseguir viver com a culpa de machucar Nicole. Ela já suportou muitas traições. Hoje mesmo ela entrou na minha sala e disse que me ama. Ela queria saber se eu também a estava traindo. Queria tanto dizer que não, mas não era verdade. Tentei parar o que está planejado, mas é tarde demais. Eu não sou melhor que a família dela. Nicole me pediu ajuda e eu a usei. — Stephan se voltou para olhar o pai de frente, nos olhos. Os dois ficaram quietos e silenciosos até que Stephan não aguentou mais e pediu: — Por favor, pai, diz alguma coisa. Diz alguma coisa.

Victor esfregou um de seus joelhos, ausente, como se estivesse sentindo dor ali:

— Quem dera eu saber o que dizer. Quem dera nada disso fosse minha culpa.

Stephan voltou a cabeça, surpreendido por aquela ideia absurda:

— Sua culpa? Nada disso é culpa sua. O senhor é o tipo de homem que eu gostaria de ser.

Seu orgulhoso pai balançou tristemente a cabeça.

— Não, Stephan. Todos nós temos defeitos. Os meus se tornaram evidentes para mim, com a idade.

— O que o senhor quer dizer, pai?

Victor ficou de pé, de frente para o filho:

— Você é um bom filho, Stephan. Você fez tudo o que eu pedi quando era jovem. Eu achei que assumiria a empresa quando terminasse a faculdade, mas você foi para a Califórnia. Se afastou de mim, da família, da empresa. Você só se interessava por fazer cinema com seus amigos. E eu não via futuro nenhum nisso.

— Tudo bem, pai. Isso foi há muito tempo. Não importa mais.

O rosto de Victor se contorceu de raiva.

— Importa, sim. Eu devia ter deixado você ser o homem que queria ser. Você era feliz com aquela vida. Se eu não tivesse interferido, talvez você tivesse se casado com Nicole e agora tivessem filhos.

— Não estou entendendo.

O pai continuou:

— A economia ia mal; eu estava cansado. Queria me aposentar e você não estava nem aí para a empresa... então, eu procurei o Dominic. A Andrade Solutions já estava no vermelho e não valia o que eu esperava. Metade da nossa família trabalhava para mim. Não era como agora, com Alessandro tocando seu próprio negócio. Eu tinha convencido todos a me seguirem para os Estados Unidos para construirmos uma nova vida. Eu precisava dar dinheiro suficiente a cada um deles para que começassem de novo. Eu lhes devia isso. Então, incluí Isola Santos no acordo. Dominic não roubou nada. Fui eu que vendi tudo e dividi o dinheiro entre as pessoas da família.

Stephan recuou, chocado:

— Por quê, pai? Por que você foi justamente procurar o Dominic, e não outra pessoa?

— Porque ele tinha dinheiro para comprar minha empresa e porque eu estava com raiva de você. Você vivia a sua vida sem preocupações. Namorava uma moça que toda a família adorava e não se esforçava para dar uma boa vida a ela. Eu sabia que envolver o irmão dela terminaria com tudo entre vocês. — Victor desviou o olhar. — Mas eu queria que você crescesse.

— Durante todos esses anos eu culpei o Dominic...

De repente, o pai pareceu mais velho.

— Eu sei. No início, achei que ter um adversário seria bom para você. E, durante algum tempo, foi. Você voltou para casa e fundou sua própria empresa de informática. Eu não tinha ideia da violência com que você e Dominic iam bater de frente, e quando percebi que você gostava de verdade da Nicole era tarde demais.

Diante dessas revelações, Stephan ficou sem chão. Isso mudava tudo. Ele havia passado os últimos sete anos obcecado com algo que jamais aconteceu. Dominic não roubou nada. E mais importante ainda: Nicole era inocente.

"Nossa, o que eu fui fazer?"

— Lamento muito, filho. É minha culpa.

— Não — disse Stephan. Ele era um homem melhor depois do tempo que tinha passado com Nicole. Podia ouvir a voz dela em sua mente: "Você tem 31 anos, Stephan. Está na hora de assumir a responsabilidade pelos seus erros." Stephan disse:

— O senhor pode ter começado tudo, pai, mas eu podia ter deixado a Nicole se explicar em vez de humilhá-la com as minhas acusações. Eu tive sete anos para frear a minha obsessão contra Dominic. Mas não fiz isso. Eu levei a situação longe demais.

Victor respondeu suavemente:

— Você ama mesmo a Nicole, verdade?

A verdade era o remédio necessário para aquela situação, mesmo que doesse muito.

— Sim, mas nosso noivado era apenas um disfarce, pai.

— Estou sabendo, Alessandro me contou.

— Como ele soube? — "Maddy!" — Se todos sabiam que era um falso, por que ninguém disse nada? — Não fazia sentido.

Victor deu de ombros e respondeu:

— Nicole é o tipo de mulher que achamos ideal para você. Ela tem o coração do tamanho da Itália e qualquer pessoa pode ver que vocês são loucos um pelo outro.

A expressão de Stephan revelava derrota:

— Ela foi embora, pai. Eu estraguei tudo e a perdi.

Victor colocou uma mão reconfortante no ombro do filho e disse:

— Você não parece o Stephan que eu conheço. Você nunca desiste de uma coisa que quer muito.

Os olhos de Stephan encontraram os do pai:

— Esta não é uma situação em que basta pedir desculpas.

O pai concordou, balançando a cabeça:

— Você está certo. Quanto você está disposto a arriscar para tê-la de volta?

"Qualquer coisa. Tudo!", pensou Stephan.

— Eu posso ir preso por causa disso, pai.

O pai apertou o ombro do filho.

— É verdade e é por isso que não sou capaz de dizer o que você deve fazer. Eu não vou revelar o seu segredo, seja o que for que você decida.

Stephan ia perguntar alguma coisa mas desistiu. A resposta já não interessava. Victor entendeu a expressão do filho e perguntou:

— O que você quer fazer Stephan?

A pergunta escapou sem que Stephan a pudesse reter:

— Por que você não está gritando comigo por ter estragado tudo? Agora jamais conseguiremos ter Isola Santos de volta.

Balançando a cabeça, Victor disse:

— Stephan, você acha mesmo que sua herança é uma rocha no meio do mar? A maneira como nós tratamos nossas mulheres, nossos filhos... até mesmo nossos inimigos, essa é nossa herança. Você fez uma coisa que não devia ter feito, mas ainda pode corrigir isso. Eu não quero ver você ser preso, Stephan, mas tenho medo da pessoa que você vai ser se não fizer tudo direito.

Stephan refletiu e anunciou:

— Eu preciso impedir que o vírus destrua o servidor de Dominic.

O pai concordou, balançando a cabeça devagar. Stephan deu um abraço forte no pai. Em nenhum outro momento sentira tanto respeito por ele. O que restava de bom em Stephan se devia à força e integridade do homem que era seu pai. Se sobrevivesse a toda essa loucura, Stephan passaria o resto da vida tentando seguir o exemplo dele.

— Aonde você vai? — Victor perguntou ao ver Stephan se afastar. Ele parou junto da porta, mas não voltou atrás.

— Vou encontrar Dominic. Ele é o único que pode parar tudo isto agora.

E enquanto ele saía da biblioteca ainda ouviu seu pai dizer:

— Esse é o meu filho!

VINTE

Nicole sentou na velha cadeira de couro de seu pai, atrás da enorme mesa de mogno.

"Como eu cheguei até aqui? Deve ter existido uma época em que fui feliz", pensou.

Ela se lembrava de quando sua mãe ainda não tinha ido embora, uma época entre os ataques de fúria do pai, quando ela vinha com a mãe visitá-lo naquela sala. Ela sentia tanto orgulho de seu poderoso pai. Ele comandava todos à sua volta como um rei liderando um exército e aquela cadeira era o seu trono. O pai permitia que Nicole subisse para o seu colo e tocasse os botões do interfone para pedir um copo de leite para a secretária. Não, ela não tinha sido sempre infeliz. Mas reconhecer esse fato não dava a ela a resposta de que tanto precisava. Por que a mãe tinha regressado agora e onde ela tinha estado durante todo esse tempo? O que Dominic pensava quando garantiu que queria fazer parte da vida dela de novo?

"Como eu pude me enganar tanto a respeito de Stephan?" Nicole acariciou com as mãos o tampo da mesa e surgiu em sua mente uma outra pergunta: "É aqui mesmo que eu quero estar?"

Havia duas semanas que ela sentava nas reuniões de diretoria, dirigindo a empresa do pai, esperando que uma sensação de euforia a atingisse, mas isso jamais aconteceu. Mesmo enquanto negociava novos contratos e definia estratégias para tirar a empresa do vermelho, Nicole não sentia prazer algum.

"A verdade é que eu não tenho nenhum interesse em computadores e softwares. Como eu só fui descobrir isso agora?"

Nicole olhou em volta, observando a sala do pai, a sua empresa, com uma nova perspectiva.

"Eu estive tão ocupada tentando ser a pessoa que achava que deveria ser que nunca me perguntei o que, de fato, eu queria ser."

No início, aprender sobre computadores havia sido uma maneira de ganhar o amor do pai. Depois, salvara a empresa para manter por perto as pessoas de que ela gostava e não para entrar no mundo empresarial.

Ela pegou o telefone e ligou para uma pessoa em quem sabia que poderia confiar. Alguém que sempre havia estado do seu lado.

— George, o que você acha de nós escolhermos um novo CEO? Não, eu não vou sair de férias, vou mudar de profissão.

Ele não pareceu surpreso e fez apenas uma pergunta:

— O que você vai fazer?

Ela pensou no abrigo para vítimas de violência, no leilão da casa do pai, e respondeu:

— Não sei bem, alguma coisa no setor beneficente.

Dominic não estava sozinho em sua sala. O sempre presente Jake estava encostado numa estante, perto o bastante para ouvir a conversa, mas suficientemente longe para ser apenas um observador. Stephan entrou com a determinação de um homem que só sairia dali depois de resolvido o assunto.

Surpreendentemente, Dominic havia incluído sua noiva naquela reunião. Ela estava ao seu lado, segurando a sua mão, e essa talvez fosse a única razão pela qual ele não tinha esganado Stephan.

— Stephan — disse Dominic, em um tom de voz que não deixava dúvidas sobre o desagrado que sua visita causava. — Sente-se, mas por favor, não demore mais tempo do que o necessário. Você disse que tinha informações para mim. Alguma coisa que não podia falar por telefone.

Stephan reuniu forças mentalmente e disse:

— Não existe uma maneira de fazer isso ser menos pior, por isso vou direto ao assunto. Seu servidor chinês foi atacado por um hacker e eu sou o responsável. Não o coloque online no próximo mês sem antes o verificar completamente para desativar o vírus, faça todos os testes possíveis.

Primeiro, o rosto de Dominic ficou vermelho e logo depois virou branco. Ele deu um passo ameaçador na direção de Stephan, mas este não recuou.

— Vou matar você.

Abby se colocou no meio dos dois, uma mão no peito de cada um deles:

— Dominic, dar uma surra nele não vai resolver o seu problema.

— Eu não vou apenas dar uma surra...

Stephan disse:

— Ele está certo, eu mereço.

Domici concordou com todo o coração:

— É claro que merece!

Jake saiu de seu lugar junto da estante e se juntou a eles:

— Por que você veio até aqui, Stephan? Por que está contando isso?

Dominic rosnou:

— A informação vazou? Alguém descobriu e você está achando que é melhor nos contar logo?

Stephan se manteve reto e calmo, as mãos nos bolsos das calças:

— Não, eu fiz tudo direito. Não há como alguém chegar até mim, ninguém ganharia nada revelando meu envolvimento.

Jake o pressionou, querendo saber mais:

— Então, por que confessa? Você está nos chantageando? Tem o código para resolver o problema?

— Não, quem dera. Para dizer a verdade, nem sei se o problema pode ser resolvido.

— Você quer morrer jovem? — perguntou Dominic, em tom ameaçador.

Abby baixou as mãos e perguntou:

— Você está aqui por causa da Nicole?

Dominic garantiu:

— Se é isso, você é um idiota. Vai passar tanto tempo na prisão que quando sair de lá ela já estará em uma casa de repouso para velhinhos.

Os ombros de Stephan relaxaram um pouco. Ele merecia as agressões.

— Dominic, se você chamar a polícia, eu entendo. No seu lugar eu faria a mesma coisa.

Abby perguntou, preocupada:

— Stephan, onde ela está?

Não valia a pena mentir:

— Não a vejo desde ontem. Ela disse que me amava e me perguntou se eu tinha algum motivo escondido para a estar ajudando. Eu gostaria de dizer que não, mas havia usado o falso noivado com Nicole para distrair Dominic, para ele não ter tempo de fazer mais testes em seu software até ser demasiado tarde. E funcionou. Eu só não sabia...

Abby terminou a frase por ele:

— ... que estava apaixonado por ela.

Stephan confirmou:

— Exato. Escute, eu sei que ela jamais vai querer voltar a me ver...

Dominic disse, ameaçador:

— Ótimo! Você tem tanta chance de voltar a vê-la como de se manter quando essa notícia chegar à mídia.

Jake voltou a intervir, era a voz da razão em meio às ameaças:

— Dom, espera. Pense bem. Nós não queremos que ninguém saiba que estamos com um vírus no nosso sistema. Se os chineses souberem, vão cancelar o negócio. Precisamos ficar calados e resolver o problema sozinhos, dentro da empresa.

Dominic deu mais um passo ameaçador na direção de Stephan:

— Mais alguém sabe?

Stephan não recuou. Já não odiava Dominic, mas também não tinha razão para covardias:

— Não.

Dominic cerrou os punhos:

— Não pense que isso livra a sua cara. Você vai pagar... se não é pelos meios legais, é...

Abby voltou a colocar-se em meio dos dois e levantou as mãos, desesperada:

— Chega! Chega! O que é que há com vocês dois? Parecem duas crianças brigando por causa de um brinquedo no parquinho. Agora que já sabemos do vírus temos de resolver o problema, mas a grande questão é: onde está a Nicole? Ontem ela descobriu que a mãe que havia morrido, afinal, está viva, e que o homem que ela ama a estava enganando. Isso é péssimo. Precisamos encontrá-la.

Stephan se inclinou, ameaçando Dominic irracionalmente:

— A mãe dela está viva? E você sabia?

Dominic se desequilibrou um pouco mas logo se recompôs e olhou para ele:

— Ela também é minha mãe. Eu só fiquei sabendo há algumas semanas. Nós estávamos buscando a melhor maneira de dar a notícia à Nicole.

"Só pode ser piada."

— Você? Buscando a melhor maneira? Se você a machucar... — Stephan mostrou suas mãos, fechadas em punhos.

Dominic olhou Stephan e sua atitude agressiva:

— Você é a última pessoa que pode falar em proteger a Nicole.

A única dúvida, naquele momento, era saber qual deles atacaria primeiro o outro.

Abby olhou primeiro para Dominic e depois para Stephan e disse, em um tom de voz que devia ser o que ela usava na sala de aula, quando era professora:

— Vocês dois, parem imediatamente! Não se trata de vocês. Trata-se da Nicole. Para onde ela pode ter ido?

Dominic se acalmou e seu rosto parecia pedir desculpa quando se virou para a noiva. Seu tom de voz com ela era surpreendentemente gentil:

— Vou telefonar para Thomas, talvez saiba onde ela está.

Abby se dirigiu a Stephan:

— Aposto que você sabe onde ela foi.

Ele respirou fundo e confessou:

— Não, não sei. Mas acho que conheço alguém que sabe.

Na rua, junto do edifício da empresa de Dominic, Stephan agradeceu:

— Obrigado por ter vindo, Jeff.

Jeff estava de pé, junto da porta da limusine, e comentou:

— Quando você me disse o endereço, fiquei em dúvida se teria entendido bem.

— Jeff, sabe onde Nicole está?

— Talvez.

— Talvez?

— Depende do que tudo isso significa... — Com um gesto da mão ele englobou Dominic, Abby e Jake, que estavam atrás de Stephan.

— Precisamos saber se ela está bem — disse Stephan e, depois, completou mentalmente: "*Eu* preciso saber se ela está bem."

— Não estou certo de que vocês são as pessoas mais indicadas para ajudá-la.

— Ao contrário de você? Quem você pensa que é? — rosnou Stephan.

Jeff deu de ombros:

— Eu? Eu sou apenas o motorista da limusine que sabe onde ela está. — Jeff se manteve firme, com a confiança inabalável da juventude.

Stephan levantou as duas mãos para o céu:

— Eu a amo e cometi erros graves que a machucaram mas, nesse momento, ela não pode ficar sozinha. — Apesar de ser terrível admitir isso, Stephan disse: — Mesmo que ela não precise de mim, precisa da família. Você sabe.

Jeff balançou a cabeça, aparentemente satisfeito com alguma coisa:

— Ok, mas não irão todos ao mesmo tempo. Ontem foi um dia duro demais para ela, mas Nicole está se recuperando. Se vocês a amam de verdade, ajudem-na. Porque ela está muito fragilizada. Mas se isso é mais um capítulo da competição entre vocês dois, Stephan e Dominic, então é melhor ficarem longe dela.

A coisa que Stephan mais queria era correr para junto de Nicole e pedir perdão por aquilo que havia feito. Mas teve de concordar que o motorista estava certo. Quanto mais ele dizia a si próprio que a amava, mais percebia que não havia lugar para ele. Nicole precisava do irmão em sua vida. Voltou-se para Dominic e disse:

— Vá você, é de quem ela precisa.

Dominic franziu a testa e olhou para Abby. Sua noiva sorriu e o encorajou com a cabeça. Seu tom de voz não era caloroso mas, pela primeira vez naquele dia, também não era ameaçador:

— Venha com a gente, Stephan. Ela vai querer ver você.

Durante uns segundos todos ficaram quietos e em silêncio.

Para completar, Dominic disse:

— Abby está certa. O que importa é Nicole. — Como ninguém se mexeu, Dominic rosnou: — Eu sei! A culpa também é minha. Eu não teria comprado aquela ilha se soubesse o quanto ela era importante para a sua família, e jamais teria comprado a empresa do seu pai se imaginasse o quanto todos vocês foram bons para a Nicole. Estou com vontade de espancar você, mas não vou fazer isso, porque sei que minha irmã o ama. Então, agora, podemos entrar todos nessa limusine?

Para Dominic, aquilo era o que existia de mais parecido com um pedido de desculpas. Refreando as palavras, Stephan respondeu:

— Todos fazemos coisas erradas. Eu não teria sabotado seu servidor se imaginasse que hoje estaríamos viajando juntos na mesma limusine.

O comentário de Stephan ajudou um pouco a dissipar a visível tensão que existia entre os dois.

Jake deu uns tapinhas nas costas de ambos.

— Muito bem. Vamos entrar, então. — Ele os empurrou para dentro do carro e, diplomaticamente, sentou entre os dois apesar de o banco ser suficientemente grande para viajarem longe um do outro.

Enquanto a limousine circulava, Jake ficou observando através do vidro que os separava do motorista. Ele o abriu e perguntou:

— Seu nome é Jeff, certo?

— Sim.

— Você não é o motorista permanente de Nicole, né?

— Não, estou apenas substituindo meu pai durante as férias dele.

— Você gerenciou muito bem toda essa situação. — Ele ofereceu o seu cartão. — Se quiser tentar seu talento nos negócios, ligue para a minha secretária. Nós temos algumas vagas abertas para iniciantes.

Jeff riu e devolveu o cartão.

— Agradeço sua oferta, mas estou trabalhando em minha tese de doutorado em psicologia. Estava com dúvidas sobre o que eu queria fazer na minha especialização, mas agora decidi que quero aconselhamento familiar. É bem mais fascinante do que parece nos livros. Achei que me aborreceria como motorista da Nicole, mas minha tese está praticamente feita.

Dominic se inclinou para a frente e em voz calma, mas com entonação mortal, avisou:

— Se eu vir o nome da Nicole ou alguma coisa que ela contou para você...

Stephan acrescentou sua própria ameaça:

— Não precisa fazer nada, Dominic, porque eu vou me encarregar de matá-lo antes de você chegar.

Abby esticou o braço e pressionou o botão para fechar o vidro.

— Tchau, Jeff. Não se sinta ofendido, mas eu preciso acalmar esses rapazes.

Jeff ainda teve tempo de dizer, antes do vidro ser fechado:

— Vocês deviam pensar em conversar com alguém sobre isso. Podiam até conseguir um preço especial de grupo.

Dominic resmungou:

— Estão vendo, esse é o problema da próxima geração. Não têm respeito algum.

Abby deu uma risadinha e depois começou a gargalhar. Jake riu com ela. Stephan não conseguiu segurar um sorriso quando até mesmo Dominic, considerado o bilionário mais triste do mundo, balançou a cabeça e riu de sua derrota.

— Eu gosto dele! — disse Abby, colocando uma mão sobre a coxa de Dominic.

Dominic rolou os olhos e a puxou para mais perto de seu corpo:

— É mesmo?

Cutucando Dominic, Abby disse:

— Nossa, preço especial de grupo. Aquilo foi hilário!

A expressão severa de Dominic se dissipoiu ao ver o sorriso no rosto de Abby:

— De que lado você está?

Ela o beijou nos lábios:

— Do seu, Dominic. — Depois acrescentou: — Mas isso não faz a situação ficar menos divertida.

Dominic se inclinou, segredando alguma coisa em sua orelha, e Stephan olhou para outro lado. Teria perdido a chance de também ter aquele tipo de felicidade? Ele não poderia culpar Nicole se ela não quisesse voltar a vê-lo nunca mais, mas se, de alguma maneira, fosse perdoado, iria fazer de tudo para merecer ser digno dela dessa vez.

VINTE E UM

Nicole abriu a porta de sua suíte de hotel pensando que se tratava do pedido que havia feito na recepção. Em vez disso, quem apareceu na sua frente, humilhado, foi seu irmão bilionário.

— Posso entrar? — perguntou rispidamente Dominic.

Ela segurava a porta com a mão esquerda.

— Ainda não me sinto preparada para falar com você, Dominic.

Ele não a pressionou e isso, para um homem como ele, era sinal evidente de arrependimento.

— Eu só queria saber se, depois do que aconteceu ontem, você está bem.

— O que você tem medo que eu faça? — Ela empalideceu ao perceber o que a expressão dele revelava. — Não estou tão triste, Dominic. Não vou me matar.

Dominic ficou mais pálido ainda e seus ombros caíram, abatidos. Parecia que ele não dormia havia muitos dias. Ele disse:

— Não posso perder você de novo, Nicole.

Ela deu uns passos para trás e abriu a porta completamente.

— Entre — convidou.

Eles escolheram cadeiras afastadas. Nicole sentou-se nervosa na ponta do seu assento. Dominic se instalou com as mãos entre os joelhos. Nicole perguntou:

— Onde você encontrou nossa mãe?

Ele estudou a expressão dela e respondeu com cuidado:

— Ela mesma me encontrou quando levei Abby para a ilha. A mãe achou que eu estava ficando parecido de mais com o nosso pai e quis me salvar desse destino.

— Onde ela estava durante todo esse tempo? — Nicole perguntou, em um sussurro.

— Thomas a ajudou a fugir de volta para a cidadezinha onde ela nasceu, na Itália... Então ela forjou a própria morte, mudou de nome e viveu escondida até a morte do nosso pai.

— Ela tinha tanto medo dele?

— Sim.

— Então, não fugiu porque não nos amava? — Nicole mordeu o interior da boca, se impedindo de chorar.

Dominic se inclinou um pouco para a frente, na direção da irmã:

— Ela nos amava, Nicole. Ainda nos ama. Mas temia seriamente por sua vida e, provavelmente, estava certa. Mas ela quer muito ver você. Quer pedir perdão por tudo o que aconteceu.

Nicole balançou a cabeça:

— Eu não a quero ver. Ainda não.

Dominic assentiu com a cabeça.

— Eu também não queria. Achei que não poderia perdoá-la. Mas ela é a nossa família, Nicole, e só temos uma mãe.

Nicole tapou a boca com a mão trêmula:

— Eu ainda estou tão brava com você, Dominic.

Ele se recostou na poltrona:

— Eu sei.

Com os olhos cheios de lágrimas por não chorar, Nicole disse:

— Você estava certo sobre Stephan. Ele não me ama.

Dominic levantou e foi sentar ao lado dela. Repousou a mão suavemente sobre o seu braço.

— Não, Nicole. Eu estava errado. Stephan está sofrendo muito... — parou abruptamente e depois voltou a falar — Ele me procurou, hoje de manhã, e contou que usou o noivado de vocês para me manter distraído enquanto sabotava meu novo servidor de internet para a China.

Ela fungou:

— Viu? Ele me usou.

— Você não está entendendo. Ele não precisava me contar. Podia ter ficado calado, vendo eu colocar o servidor online, para ficar com o novo contrato. Porque os chineses iam me botar para correr. Ninguém jamais descobriria que ele era o reponsável por toda a sabotagem.

— Então por que ele contou para você?

— Por você.

Nicole deu um pulo:

— Ele disse isso?

A boca de Dominic se torceu, mostrando sua contrariedade:

— Disse.

— Você pode mandar ele para a prisão.

— Isso é o mínimo que poderia acontecer. Ele poderia perder a empresa, a reputação e até mesmo a vida se Abby não tivesse se metido no meio — disse Dominic, lembrando da raiva que tinha sentido.

— Ele me ama. — "Ele me ama!"

A voz de Dominic saiu como um resmungo profundo:

— Sim.

Ela anunciou:

— Eu o amo, também!

Dominic resmungou de novo:

— Eu sei.

Ela olhou em volta, frenética.

— Preciso encontrá-lo.

— Ele está lá embaixo, no saguão — Dominic admitiu, contrariado.

Nicole abriu a boca, surpresa:

— Ele veio com você?

— Sim, ele veio com a gente na limusine — O rosto de Dominic corou ligeiramente.

Nicolee esticou o corpo na direção de Dominic e o abraçou com força, era o primeiro abraço dos dois em quinze anos.

— Não acredito que você o trouxe até aqui. — Ela se afastou um pouco e ficou olhando o irmão mais velho. "Você fez isso por mim." Apesar da fúria que ele devia estar sentido, Dominic pôs os interesses dela na frente dos seus próprios. — Você me ama. Quem diria... Por baixo dessa cara de durão, você tem o coração mole.

Ele sorriu para a irmã e a abraçou com tanta força que Nicole quase não conseguia respirar.

— Só não conte isso para ninguém. Desde que conheci Abby estou sentindo dificuldade para impor respeito como líder.

Nicole se soltou dos braços dele e disse:

— Ainda bem que você a conheceu.

— Eu sou uma pessoa melhor quando estou com ela.

Nicole balançou a cabeça.

— Eu sinto o mesmo quando estou com Stephan e a família dele. Sinto que nada pode me atingir. Eu me sinto livre para ser a pessoa que quero ser.

Dominic segurou a mão dela.

— Eu errei me intrometendo entre você e os Andrade. Eu estava em pânico.

Nicole pestanejou rápido, chocada:

— Em pânico? Você?

Dominic a olhou nos olhos, sem sentir nenhum orgulho pelo que havia feito, mas também sem mentir. Seu tom de voz era um pouco frio mas, de alguma maneira, ela entendeu que se distanciar da dor foi a maneira que ele encontrou para sobreviver.

— Eu queria ter voltado para buscar você quando me tornei suficientemente forte para enfrentar nosso pai. Mas o tempo foi passando, um ano, três anos, quatro... Você recusava qualquer contato comigo. Eu continuava pensando que tudo mudaria quando eu encontrasse a mamãe. Quase enlouqueci quando vieram me dizer que ela tinha morrido. Eu sentia ódio do nosso pai, estava furioso com ela por ter morrido, furioso com você por aceitar toda aquela situação. Então você encontrou os Andrade e parecia que eles eram sua nova família. Mas você já tinha uma família. Você tinha a mim. Quando eu comprei a empresa deles eu sabia que cavaria um abismo entre você e eles. Eu sabia e me convenci que era a melhor coisa que eu podia fazer por você.

Nicole apertou a mão de Dominic entre as suas.

— Nós temos graves problemas de ansiedade provocados pela separação. — Dominic abriu a boca para dizer alguma coisa mas Nicole o impediu, continuando a falar: — Tudo bem, Dominic. O importante é o que está acontecendo agora. — Um pensamento cruzou a sua mente e Nicole acrescentou: — Mas, por favor, agora que voltamos a nos falar, não mande seus guarda-costas me seguirem para todo o lado. Você sempre exagera.

— Eu simplesmente protejo o que é meu.

— Você é meu irmão, Dominic. Isso nunca vai mudar, mas eu também amo os Andrade. Você precisa respeitar isso. E não quero viver escondida do mundo. Se você quer fazer parte da minha vida, precisa confiar que eu sei cuidar de mim.

— Sim, claro, eu confio. — Ele corou e acabou confessando a verdade: — Eu vou tentar...

"Por falar em Andrades", Nicole perguntou:

— Onde você disse que o Stephan estava?

E sem esperar pela resposta de Dominic, Nicole abriu a porta e correu para o elevador.

Stephan parou de caminhar quando viu Nicole sair do elevador. Ele prendeu a respiração e esperou. Era o começo ou o fim?

Ela cruzou o saguão em direção a ele. Droga, ele devia encontrar com ela no meio do caminho, mas era difícil ler a expressão dela e os seus pés pareciam colados no chão. Ela parou diante dele e disse:

— Você mentiu para mim.

Ele engoliu em seco.

—Sim, menti.

— E você me usou.

Não havia razão para continuar mentindo:

— Sim, é verdade.

— E você sabotou mesmo o servidor de Dominic?

Ele confirmou, balançando a cabeça. E esperou.

— Então, por que não está celebrando a sua vitória? Por que você confessou?

Ela sabia. Ela sabia por que ele fez aquilo. Stephan limpou a garganta:

— Porque eu te amo.

Ela se inclinou na direção dele, uma mão em concha na orelha, com um brilho brincalhão em seus belos olhos cinza.

— Desculpe, você disse o quê? Eu não escutei direito.

Ele a puxou contra seu corpo, colocando as mãos nas costas dela, sentindo-se grato pela milionésima vez por ela ter desistido dos ternos e agora usar sempre aqueles vestidos de verão.

— Você escutou muito bem.

Mas Nicole não estava ia se entregar tão rápido e balançou a cabeça, tristemente:

— Bom, se você não é capaz de dizer isso em público, como posso acreditar que está dizendo a verdade?

Stephan deu um passo para trás e subiu em uma das mesinhas de café do saguão:

— Atenção, todo mundo, por favor! — A voz dele era tão autoritária que todas as cabeças se voltaram em sua direção. Ele apontou para Nicole. — Eu amo essa mulher. Se ela quiser casar comigo, nós encheremos uma casa enorme com um monte de filhos e eu vou passar o resto da minha vida provando a ela que fez a coisa certa quando me perdoou.

Nicole corou e ficou ainda mais linda. Ela disse:

— Está todo mundo olhando, Stephan.

Ele estendeu a mão para ela e a puxou para junto dele, em cima da mesa.

— Bom, então esta é a ocasião perfeita para pedir sua mão. — Ele colocou um joelho na mesa. — Quer casar comigo?

Nicole olha para sua mão esquerda, onde já não estava o anel caríssimo que ele havia comprado:

— Como posso saber que é sério? Como posso ter certeza que não é mais um jogo?

Ele pôs a mão no bolso do paletó e tirou de lá um pequeno anel, com menos de um quilate, de design antigo.

— Esse anel era da minha avó. Meu pai deu para a minha mãe quando eles ficaram noivos e, se Deus quiser, um dia, uma de nossas filhas vai usá-lo. Não estou brincando. Casa comigo, Nicole, e deixa eu provar para você.

Ela o fez sofrer durante o momento mais longo de sua vida até responder:

— Sim. Sim, eu caso.

Ela ofereceu a mão e ele pôs o anel no seu dedo. Eles se beijaram apaixonadamente enquanto a multidão aplaudia. De repente, voltando à Terra, Stephan desceu da mesa, sorrindo. Ele estendeu a mão e ajudou Nicole a descer. Abby disse:

— Parece que eles se entenderam, Dominic.

Dominic resmungou:

— Sim, estou vendo.

Jake disse:

— Você vai ter que perdoá-lo.

Dominic fez um som ameaçador mas não respondeu.

Stephan se aproximou deles. Não importava o que havia acontecido antes, Dominic era o irmão de Nicole. Stephan estendeu sua mão para ele:

— Lamento muito, Dominic. Eu estava errado e deixei me levar por um comportamento condenável contra você. Espero que possamos nos resolver.

Dominic não se mexeu e Abby o cutucou com o cotovelo. Ele olhou para ela e disse:

— Como vou intimidar alguém se você continuar fazendo isso?

Abby sorriu.

Stephan também.

— Eu não acho que seja um problema.

Dominic continuou com uma expressão séria:

— Se você for legal para a minha irmã, não precisa recear nada de mim.

Jake deu seu pitaco:

— Está vendo, Dom, esse é o tipo de comentário que faz as pessoas imaginarem do que você é capaz. Você não pode apenas apertar a mão dele e aceitar o pedido de desculpas?

Dominic apertou a mão de Stephan e, naquele momento, os dois chegaram a um acordo mudo: "Por Nicole."

Mais tarde, naquele dia, Nicole descalçou os sapatos quando entrou na cobertura. Stephan fechou a porta da rua e a carregou no colo. Ela enroscou os braços em volta do pescoço dele e sorriu. Ele acariciou o rosto dela com o nariz.

— Finalmente, estamos sozinhos e todos nossos problemas estão resolvidos. Você sabe o que isso significa?

Ele beijou suavemente o pescoço dela. Ela sabia exatamente o que aquilo significava mas decidiu se divertir um pouco mais:

— Você quer que eu cozinhe de novo para você?

Ele a pousou no sofá e tirou o paletó. Balançou a cabeça com força e um sorriso de predador iluminou seu rosto.

— Você gravou um programa para nós assistirmos juntos? — ela perguntou maliciosamente.

Ele afrouxou o nó da gravata e a jogou no chão, do seu lado. Sem desviar os olhos dela, ele começou desabotoando a camisa, provocador. Nicole sentiu sua boca ficar seca e o estômago dar voltas. Ele deixou cair a camisa no chão e ficou em pé, orgulhoso, completamente consciente do efeito que seu torso musculoso tinha sobre a pressão sanguínea de Nicole.

Ela agarrou com força uma almofada. Nossa, ele era lindo!

Devagar, tão devagar que Nicole sentiu vontade de saltar e fazer isso por ele, Stephan tirou seu cinto de couro e abriu o botão da calça. Com um movimento do zíper, deslizou a calça por suas pernas e se despiu. A cueca azul não escondia a sua excitação.

A cada movimento de Stephan, o corpo de Nicole estremecia, respondendo. Ele caminhou até ela e se inclinou, ajoelhando ao seu lado, sua respiração quente contra o ouvido dela. Um arrepio percorreu o corpo de Nicole, mas ela continuou quieta. Muito suavemente, ele ronronou:

— Primeiro passo: A Sacodida. Será que estou conseguindo sua inteira atenção?

Nicole se encostou no sofá, rindo de surpresa:

— Você também sabe disso?

— Não conte para as outras mulheres, mas os homens todos da família sabem. — Com um dedo ele desceu uma alça do vestido dela e beijou seu ombro nu. — Meu pai já tinha me contado sobre a estratégia do biquíni vermelho mas eu jamais imaginei que alguém a usaria comigo.

Ele beijou o pescoço dela, e Nicole sentia cada vez mais dificuldade para se concentrar no que ele estava dizendo mas, à medida que as imagens do dia iam sendo repassadas em sua cabeça, ela deu uns tapinhas carinhosos nele e disse:

— Você podia ter dito alguma coisa.

— E não me divertir com o que você estava fazendo? Como eu iria ter alguma coisa para contar para os nossos filhos? — Ele baixou a outra alça do vestido dela e deu igual tratamento a esse ombro.

Deliciando-se com o prazer, Nicole fechou os olhos e jogou a cabeça para trás. Uma mão forte e confiante a levantou e outra deslizou por baixo do vestido dela lhe despindo a calcinha. Os olhos dela se abriram e encontraram os dele.

Nossa, como ele era sexy!

Com um movimento rápido, Stephan tirou o vestido dela e a deitou sobre o sofá, nua. Acariciou os lábios dela suavemente, com um dedo, depois desceu pelo pescoço, pelo vale entre os seus pequenos seios, pelo estômago. E sussurrou:

— Me diz do que você gosta.

Quase sem conseguir respirar, Nicole admitiu:

— Não sei.

Ele parou e ela temeu ter arruinado o momento. Já começava a se recriminar quando ele disse:

— Então, vamos começar por aqui mesmo.

Stephan deitou no sofá do lado de Nicole, os rostos colados. Colocou a mão nos quadris dela e disse:

— Me beija.

Nicole fez desaparecer a distância que ainda existia entre as suas bocas e esqueceu depressa por que ela sentia vergonha. Os lábios dele a acariciavam e amavam. A língua brincava e sugeria. Nicole correspondeu aos movimentos de Stephan e juntos exploraram a paixão que por tanto tempo se esforçaram para negar.

A boca do homem desceu pelo pescoço dela e o corpo de Nicole vibrava, pleno de vida, onde a boca tocava. As mãos dele eram firmes e delicadas. Só quando ela achou que não aguentava mais ele fez uma pausa e esperou, dando a ela tempo para gerenciar suas próprias explorações.

Nicole tirou a cueca dele, impaciente, deleitando-se com o membro duro que pulsava em sua mão. Ela o acariciou em pequenos círculos, apertando-o em sua mão, surpresa com o prazer que provocava no corpo dele. O desinibido desejo de Stephan deu a ela confiança para se entregar completamente e gozar. Simplesmente gozar.

A mão dele achou o centro úmido de Nicole. Seu polegar pousou no clitóris, massageando-o a um ritmo que a fazia tremer até os dedos dos pés. Um dedo mágico deslizou para dentro dela, trabalhando em conjunto com os outros, afastando da mente de Nicole todo pensamento coerente. E enquanto ela se contorcia sob ele, empurrando seu corpo contra a mão dele, implorando para não parar, ele substituiu os dedos pela boca. O calor do clímax a invadiu como uma onda avassaladora e deixou seu corpo tremendo, à mercê de Stephan.

O sorriso dele prometia que aquele não era o fim, só o começo. Suavemente, ele virou sua amada de barriga para baixo e puxou o cabelo dela para um lado, desenhando um caminho no corpo dela com a mão e seguindo esse caminho com a boca. Stephan acariciou cada centímetro do corpo de

Nicole, amorosamente, apaixonadamente, fazendo com que ela quisesse mais e mais. As mãos dele a acariciavam sem parar. Acordando cada recanto do seu corpo.

Quando ela já não aguentava mais, se virou e os dois caíram no chão. Ele a apoiou na queda. Seus braços fortes a levantaram sobre seu sexo excitado, mantendo-a pronta enquanto ele entrava dentro dela, suavemente mas com decisão.

— Me mostre o que você gosta, Nicole.

Nicole desceu sobre ele, saboreando a sensação de tê-lo dentro do seu corpo. No início se movia hesitante, como uma bailarina que jamais foi solista. Testando. Apertando as coxas, depois que descobriu o segredo de seu próprio prazer e amando o modo como ele correspondia a ela, movimento por movimento.

Com Stephan se sentia livre – mesmo assim. Livre para ser quem ela sempre quis ser. Ela se libertou, entregando-e completamente ao ritmo que haviam descoberto juntos. Os esgotantes orgasmos simultâneos deixaram os dois ainda mais conectados, abraçados um ao outro enquanto suas respirações abrandavam, voltando ao ritmo normal.

Nicole levantou ligeiramente a cabeça e beijou Stephan suavemente, nos lábios. Ela disse:

— Você pode colocar tudo isso na lista de coisas que eu gosto.

Ele sorriu contra os lábios dela e respondeu:

— Vou querer acrescentar várias outras coisas a essa lista.

Nicole o rodeou com suas coxas e sentiu o seu sexo duro outra vez contra o dela.

— Eu também — respondeu. — Eu também.

Stephan segurou as nádegas dela com as mãos e começou a mover os quadris de Nicole em movimentos circulares, levando-a para um lugar onde a comunicação não precisa de palavras.

No dia seguinte, Nicole e Stephan retornaram a seu ritual de tomarem o café da manhã juntos. A beleza do que havia acontecido entre eles colocava um brilho emocionado nos olhos de Nicole. Para além da paixão e do profundo amor que sentiam um pelo outro, Nicole e Stephan eram também amigos e foi isso que deu a ela a força para acreditar que superariam as dificuldades. Stephan comeu um pouco de sua torrada e perguntou em tom casual, como se estivesse falando sobre o tempo:

— O que você acha de comprarmos uma casa na Califórnia e vivermos lá durante parte do ano?

— Eu adoraria — disse Nicole, entusiasmada. — Você quer voltar a fazer documentários?

Stephan balançou a cabeça afirmativamente:

— Mark falou dessa possibilidade quando estivemos lá e trouxe alguns assuntos interessantes. Eu posso fazer mais do que simples documentários e desafiar alguns de meus concorrentes a terem empresas verdes. Detesto admitir isso, mas seu irmão foi um exemplo para mim, depois que decidiu investir tanto dinheiro em bolsas de estudo aqui e na China. Ele abriu caminho para que outras empresas façam a mesma coisa. Há um monte de grandes empresas em busca de boas causas para patrocinarem. Eu poderia indicar causas para elas.

— Falando do meu irmão... — Nicole não estava certa de como Stephan iria reagir à sua ideia, mas ela queria desesperadamente que acontecesse. — No próximo domingo adoraria convidar Dominic e Abby para jantarem com a sua família.

Stephan apertou suavemente a mão dela:

— Talvez seu irmão não goste tanto da minha família quanto você.

— Ele vai gostar — disse Nicole, simplesmente.

— Desde quando você ficou tão otimista? — perguntou Stephan, sorrindo de felicidade.

— Desde que passei a acreditar em finais felizes.

Stephan levantou uma sobrancelha, não entendendo muito bem o que ela queria dizer.

— O Natal está chegando. Nunca na minha vida celebrei essa data como deve ser e esse ano quero juntar todo mundo. Isso só vai acontecer se eles conhecerem uns aos outros. Se você telefonar para o Dominic e o convidar, ele virá. — Ele a olhava duvidoso, por isso ela acrescentou, melosa: — Pooor favooooor.

Stephan coçou o queixo, pensativo, e disse:

— Você devia me pedir isso usando aquele biquíni vermelho.

Nicole riu e atirou um guardanapo nele:

— Bobo!

Stephan piscou e disse:

— Sim, mas sou o bobo que vai telefonar para o seu irmão porque te amo.

Nicole levantou de seu lugar, foi sentar no colo dele e lhe deu um daqueles beijos que faz um homem chegar atrasado no trabalho.

Algumas horas depois, Stephan saiu e Nicole fez alguns telefonemas antes de enviar uma mensagem a Jeff pedindo para ele a bucar para irem para a casa do pai dela. Nicole passou apressada por Jeff e entrou na limusine. Ela estava atrasada e nunca se atrasava. Era impossível não corar sempre que pensava na razão do seu atraso. Transbordando de felicidade, Nicole pressionou espontaneamente o botão para baixar o vidro que a separava do seu motorista e disse:

— Jeff, você estava certo! Estou feliz por ter esperado para fazer amor com Stephan. Ontem à noite foi tudo o que eu sempre sonhei e preciso agradecer a você.

Sem saber que resposta esperar, Nicole sentiu seu rosto ficar vermelho como um tomate quando o pai de Jeff, Arnold, virou o rosto para olhar para ela.

— Minhas férias terminaram ontem, menina Corisi — disse ele, com seu tom mais profissional.

Nicole tentou organizar seus pensamentos mas falou antes de conseguir fazer isso:

— Ah! Diga a Jeff que eu agradeço muito a ele.

Arnold olhou para ela pelo espelho retrovisor mas não disse nada.

— Ou não. — Nicole escondeu o rosto entre as mãos e reprimiu um sorriso. Pobre Arnold. — Vamos fingir que nada disso aconteceu, tá?

Arnold deu a partida ao carro.

— Sim, menina Corisi — disse ele, se mostrando aliviado. — Quer ir diretamente para a casa do seu pai?

— Não, eu prometi para Maddy e Abby que nós as buscaríamos antes. Elas me ajudarão a escolher as coisas do meu pai. — Ela indicou os endereços para o motorista.

— É bom você não fazer isso sozinha — disse Arnold, quebrando pela primeira vez sua regra com mais de vinte anos de jamais conversar sobre assuntos pessoais com seus patrões.

Nicole deu um grande sorriso enquanto pensava sobre esse comentário. Mesmo que isso o deixasse incômodo, ela precisava contar o quanto sua vida havia melhorado enquanto ele estava de férias. A sua voz saiu rouca de gratidão.

— Eu já não estou sozinha, Arnold. Agora eu tenho uma família.

Arnold desviou o olhar, mas ela percebeu que ele estava comovido:

— Isso é muito bom, Nicole.

Uma inspiração súbita a atingiu:

— E sabe que outra coisa também é boa? — Ele olhou para ela antes de entrar no trânsito. — Um aumento. Um grande e gordo aumento do seu salário para você poder viajar com a sua esposa todos os anos.

Ele comentou:

— Você não precisa fazer isso, Nicole.

“Não, é verdade! Eu não preciso, mas quero muito”, Nicole pensou e respondeu:

— Ah, Arnold, você merece. Espere até conhecer os sobrinhos do Stephan.

— São uns diabinhos? — perguntou ele, sorrindo.

— Uns diabos, mesmo! — Ela também sorriu.

Arnold a surpreendeu ainda mais dizendo:

— Você merece ser feliz, Nicole.

Nicole esticou a mão através da janela que a separava do motorista e deu um tapinha afetuoso no ombro dele.

— Eu não sei se mereço, Arnold, mas finalmente sou. — Nicole quase podia jurar que o viu corar um pouco. Ela se encostou em seu assento com um sorriso cheio de lágrimas. — Agora vou fechar o vidro, Arnold, para você ter um pouco de paz.

— Obrigada, menina Corisi — disse ele, retornando ao tratamento formal.

Antes de cortar a breve conexão que havia se estabelecido entre os dois, Nicole acrescentou algo que precisava ser dito:

— Obrigada por não me abandonar, Arnold.

Ele não respondeu, mas Nicole vislumbrou seu sorriso pouco antes do vidro subir e impedir o contato visual entre os dois. "Eu sempre me senti tão sozinha, mas acho que jamais estive só", ela reconheceu. Arnold estava prestes a se tornar o motorista de limusine mais bem pago da cidade de Nova York.

VINTE E DOIS

Richard, o marido de Maddy, estava em pleno processo criativo preparando o almoço de domingo do clã Andrade, e ameaçava quem se atrevesse a levantar uma tampa das muitas panelas que estavam no fogão. Abby estava bebendo o café que momentos antes Katrine oferecera.

— Quando vocês me convidaram para cozinhar eu imaginei... bem, imaginei que eu mesma ia cozinhar — confessou ela.

Elise indicou com a mão o homem que praguejava em francês enquanto cozinhava e respondeu:

— Hoje é o dia de Richard preparar o almoço. Nós só estamos aqui para ficarmos longe dos homens e podermos conversar à vontade.

Nicole trocou um olhar de cumplicidade com Abby:

— Eu sei. Pensei exatamente a mesma coisa na primeira vez que me convidaram. Me pareceu um pouco sexista todas as mulheres estarem na cozinha enquanto os homens ficam no salão, mas é aqui que as coisas boas acontecem.

Maddy deitou Joseph no berço.

— Eu cresci assim, mas confesso que quando era adolescente achei que estava perdendo alguma coisa por não estar no salão. Mamãe, a senhora lembra dessa fase?

Elise respondeu sorrindo:

— Ah, lembro, sim. Não demorou muito para você entender que todas as decisões importantes eram tomadas aqui.

Nicole perguntou, rindo:

— Os homens sabem disso?

Abby colocou uma questão mais séria:

— Vocês estão aqui porque querem, né? Se vocês quisessem estar lá no salão, eles permitiriam, certo?

Elise assentiu, tranquilizadora:

— Ah, não se preocupe. Você pode ir para lá e ficar falando sobre design de microchips e plataformas de marketing, se gostar desses assuntos. Mas, por favor, me deixe ficar aqui.

O olhar de surpresa no rosto de Abby fez Elise sorrir:

— Abby, o movimento pelos direitos das mulheres nos tornou iguais, permitindo-nos escolher quem queremos ser. Ele não nos fez virar homens ou designers de software. Eu não tenho um emprego, mas apoio um monte de instituições beneficentes e considero minha família um trabalho de período integral. Alessandro me apoiaria se eu quisesse assumir algum setor da nossa empresa, mas eu não estou interessada. Uma coisa boa que a idade ensina é que a gente não precisa provar nada para ninguém. Eu me sinto feliz com as coisas como elas são.

Katrine acrescentou:

— Eu concordo plenamente. Victor e eu trabalhamos durante anos para que a Andrade Solutions tivesse sucesso. Ele sempre disse que eu era capaz de negociar até as asas de uma mosca, se fosse necessário, e muitas vezes foi difícil encontrar vendedores. Não conseguíamos lucro todos os anos. Nós precisávamos trabalhar, mas vocês, jovens, podem seguir suas paixões.

Abby endireitou os ombros e disse:

— Tenho de admitir que, nesse momento, não sei bem o que eu quero fazer. Sempre tive meu emprego. Por vezes, tinha dois. Não posso voltar a ser professora. Dominic me mantém rodeada de guarda-costas. Como conseguem ser vocês mesmas rodeadas por homens que lançam uma sombra tão grande sobre a gente?

Elise se inclinou, colocando a mão sobre a de Abby:

— O segredo é você ficar do lado dele e fazer seu próprio caminho. Há um preço a pagar pela riqueza, mas também há liberdades que o dinheiro nos dá. Como professora, você tocava a vida de centenas de crianças. Agora, se quiser, pode tocar a vida de milhões. O maravilhoso sobre nossos homens é que podem fazer com que isso aconteça. Dominic também parece ser esse tipo de pessoa boa.

Sentindo-se segura no meio daquelas mulheres que gostavam verdadeiramente dela, Nicole decidiu compartilhar:

— Até conhecer Stephan eu jamais vi vantagem em ser rica. Ficava chocada com a importância que as pessoas colocavam nas coisas e nas aparências. Não sei se alguma vez me senti grata por aquilo que tinha. Stephan acha que todos estamos conectados uns com os outros, através do nosso ambiente ou das nossas finanças, e, quanto mais ricos somos, mais responsáveis precisamos ser. Quando olhamos o mundo sob esse ponto de vista, temos vontade de nos envolver com um monte de causas. Eu estou focada em ajudar mulheres vítimas de violência a colocarem suas vidas de novo no rumo certo. Por tudo o que você já compartilhou comigo, Abby, talvez queira se focar num projeto educativo. Como professora, deve ter sido obrigada a seguir políticas que gostaria de mudar. Agora você tem voz e pode fazer isso.

Maddy sorriu:

— Adoro finais felizes.

Nicole continuou a falar:

— Um dia, um motorista de limousine muito sábio me disse que a história não acaba quando o livro chega ao fim. Para nós, isso é apenas o início. Para todas nós.

Abby olhou na direção da porta e disse:

— Por falar em todas nós... como vocês acham que nossos homens estão se dando uns com os outros?

Katrine não estava nada preocupada com isso:

— Está tudo bem com os rapazes. Victor e Alessandro estão lá com eles.

Nicole riu:

— Estão fazendo papel de babás dos maiores egos do planeta.

Katrine disse, sorrindo:

— Onde você acha que Stephan foi buscar aquele ego? Victor era um metido a besta quando o conheci, mas nossos quarenta anos de casados o domesticaram.

As palavras dela despertaram o interesse de Abby e ela perguntou:

— Você pode dar algum conselho?

Katrine respondeu:

— Honestidade. Respeito. Perdão.

Elise brincou:

— E um biquíni vermelho bem pequeno.

Nicole endireitou as costas, se lembrando de alguma coisa.

— Ah! — disse ela, em voz alta e depois baixou o tom. — Eles sabem tudo sobre o biquíni vermelho. Os passos não são mais um segredo nosso.

Elise e Katrine se voltaram ao mesmo tempo na direção de Richard mas ele continuou a mexer o molho e sem levantar o olhar para elas. Rapidamente, elas olharam para o outro lado e exclamaram:

— Maddy!

Um sorriso tímido iluminou o rosto da moça. Ela deu de ombros.

Rindo, Nicole balançou a cabeça:

— Você é má!

Maddy levantou as sobrancelhas e disse a Nicole:

— É difícil ficar brava comigo quando minha intromissão foi o que fez você e Stephan ficarem juntos, né?

Abby se recostou em sua cadeira com um enorme sorriso no rosto:

— Nicole, cada vez mais eu entendo por que você ama essa família. — Depois ela se dirigiu a Elise e perguntou: — Você se importa de, um dia desses, eu trazer minha irmã Lil para jantar aqui? Ela precisa disso.

Ao longo dos últimos dias, Nicole conheceu Abby bastante bem e sabia o quanto sua cunhada amava e se preocupava com a irmã caçula. Por isso, perguntou:

— Como ela está? Ela voltou a falar com Jake depois daquele dia na ilha? Você não disse que achava que ia rolar alguma coisa entre eles? Convida os dois. Pode ser? — Nicole olhou para as duas mulheres mais velhas.

Katrine respondeu:

— Abby, sua família é nossa família. Convide-os.

Elise disse:

— Jake, Jake — ela repetiu o nome como se isso fizesse aparecer uma imagem em sua mente. — Ele não é o sócio do Dominic? — Nicole e Abby disseram que sim com a cabeça. Elise bateu com uma mão na outra. — Ele é lindo e rico. Não seria maravilhoso se ele e a sua irmã se casassem?

Abby abriu muito os olhos, percebendo que havia iniciado uma coisa que não estava certa de poder parar.

— Obrigada por dizer isso, Katrine. Eu vou trazer Lil. Agora, sobre o Jake eu não sei nada. Acho que ele e Lil não voltaram a falar. Vamos deixar os dois resolverem isso.

Maddy agitou as mãos no ar, excitada:

— Eu sei o que a gente precisa fazer para os dois ficarem juntos.

— Não! — as outras mulheres exclamaram, em coro.

Indignada, Maddy protestou:

— Quando vocês vão apreciar minha genialidade?

Nicole se viu obrigada a concordar:

— Preciso reconhecer que estou feliz com os seus resultados.

— Viu? — Maddy sorriu, apontando para o seu mais recente sucesso. — Tem vezes que o amor acontece e tem vezes que a gente precisa dar um empurrãozinho.

Elise se inclinou na direção da filha:

— O que você está bolando dessa vez nessa sua linda cabecinha?

Maddy voltou para Abby:

— Acha que podemos confiar em Dominic?

Um sorriso malicioso iluminou o rosto doce de Abby:

— Sim, com certeza.

Maddy disse:

— Vai ser fantástico!

— Maddy — Katrine começou a dizer em um tom de voz firme que travou um pouco o entusiasmo da sobrinha. Maddy deixou cair os braços e se voltou para a tia, aceitando antecipadamente a repreensão. Depois de uma pausa, Katrine mudou de ideia. Abraçou a sobrinha e disse: — Continue sempre sendo como você é.

Hesitando apenas por uns segundos enquanto refletia sobre as palavras de Katrine, Maddy recuperou rapidamente seu entusiasmo:

— Bem, eis o que a gente precisa fazer...

Para surpresa de Stephan, Dominic chegou dirigindo o próprio carro. Sem motorista. Sem guarda-costas. Apenas ele e Abby.

Qualquer outro homem se sentiria nervoso por estar em tão clara desvantagem, mas Dominic entrou na casa dos Andrade de cabeça erguida. Sem hesitar, apertou a mão de Victor e depois a de Alessandro. Fez uma pausa, mas não recusou apertar a mão de Stephan.

Alessandro os conduziu através da casa e pediu para um empregado servir café no jardim. Três homens da família Andrade e um da família Corisi se sentaram no enorme terraço, com vista para o gramado que parecia não ter fim.

Quando todos sentaram, Victor disse:

— Sua irmã é como uma filha para mim. Estou feliz por você ter aceito nosso convite.

Dominic balançou a cabeça ao ouvir o que Victor disse e olhou para Stephan.

—Abby me disse que você pensava que eu tinha trapaceado o seu pai para ficar com a empresa dele e com Isola Santos.

Stephan olhou seu futuro cunhado direto nos olhos e respondeu:

— Isso mesmo.

Dominic acrescentou:

— Mas agora você já sabe a verdade.

Stephan reconheceu que sabia inclinando ligeiramente a cabeça.

Nenhum dos dois piscou.

Dominic disse:

— Se eu estivesse no seu lugar teria feito exatamente a mesma coisa. E você quase me derrotou. Pouca gente pode dizer isso.

O ambiente se descontraiu. Stephan respondeu:

— Não me orgulho do que fiz.

— Esse poderia ser o título do meu livro de memórias — disse Dominic tristemente. Depois, um pouco mais sério, acrescentou — Abby está certa. Não podemos mudar o passado, mas também não precisamos repeti-lo. Seja bom para a minha irmã, Stephan.

— Prometo — disse Stephan, percebendo pela primeira vez o amor que Dominic sentia por Nicole.

Dominic meteu a mão no bolso do paletó e tirou um envelope. Ele o entregou para Victor.

— É a escritura de Isola Santos. Para você.

Victor olhou para os dois homens orgulhosos na sua frente e disse:

— Por que você não a dá de presente de casamento para Stephan e Nicole, para a herança representar a união das nossas famílias?

Dominic voltou a guardar a escritura no bolso e limpou a garganta:

— Essa ideia me agrada!

Alessandro se inclinou para a frente em sua cadeira e perguntou:

— Então, você está fazendo algum progresso na limpeza do seu servidor? — Victor, ao ouvir o irmão, balançou a cabeça, desaprovando. Alessandro continuou: — Agora nós somos família, não é? Como poderemos ajudar se não discutirmos o assunto?

"Família", Stephan pensou. Afinal de contas, era isso que Dominic era agora. Stephan disse:

— Dominic, você pode usar o software que eu ia oferecer para a China.

Dominic balançou a cabeça.

— Isso não é uma opção. Seu software é tão diferente que eles descobririam. E, infelizmente, seu hacker sabia o que estava fazendo, Stephan. Já gastei uma nota e ainda não encontrei ninguém capaz de resolver o problema que ele criou. O vírus parece estar agarrado a cada linha de código.

Victor olhou para o filho e disse:

— Dominic, ninguém que você conhece pode resolver o problema?

Stephan deu de ombros e respondeu:

— O único homem capaz que eu conheço é o que criou o vírus, e ele se recusa a colaborar.

Dominic disse:

— Conheço algumas pessoas capazes de decodificarem Deus, se quiserem, mas não tenho certeza de que elas consigam ajudar.

Stephan ficou de pé.

— Diga o que você precisa, Dominic. Se é dinheiro...

— Não, eles não se interessam por dinheiro.

Stephan respondeu:

— Todo mundo tem seu preço. Eles se interessam por quê?

— Jake — respondeu Dominic.

Victor ficou de pé:

— Não, Jake não é um dos Waltons, é?

Stephan respondeu:

— De que o senhor está falando, papai?

— No final da década de 1980, dois designers de computadores respeitados foram manchete de jornal reclamando que seu software tinha sido roubado pelo governo dos Estados Unidos para fins militares. Foi um escândalo enorme que terminou abruptamente e as pessoas apostaram se eles teriam desistido ou sido silenciados. De uma maneira ou de outra, foi uma grande perda. O software de encriptação quântica em que vinham trabalhando na época era tão avançado que, ainda hoje, usamos as notas deles como guias. Se eles ainda estão vivos e continuam trabalhando com software eu quero conhecê-los. Você acha que Jake é filho de um deles?

Dominic se mexeu em sua cadeira, como se tivesse dito mais do que queria.

— Ele nunca admitiu isso, mas acho que sim.

Victor levantou e se juntou a Stephan, próximo ao muro de pedra:

— Vamos precisar descobrir. Dominic, quanto tempo falta para seu servidor ficar online?

— Cerca de um mês — respondeu Dominic.

— Não é muito tempo — admitiu Stephan.

Alessandro deu uns tapinhas no ombro do sobrinho e disse:

— Conheço pessoas que podem nos ajudar a encontrá-los. Se estiverem vivos, dentro de uma semana vou saber onde estão.

Suado e ainda de avental, Richard abriu a porta do pátio com um enorme sorriso e anunciou:

— Dominic, estão exigindo sua presença na cozinha.

Dominic olhou para os outros homens que sorriam de maneira suspeita.

Alessandro se aproximou e deu um tapa de solidariedade nas costas de Dominic.

— Nunca é bom sinal.

Victor brincou:

— Talvez elas tenham um avental extra.

Sem precisar usar palavras, Dominic pediu ajuda para Stephan. Mas ele não parecia disposto a ajudar e apenas sorriu maliciosamente.

— O poderoso Dominic está com medo de uma cozinha cheia de mulheres?

Sem negar a acusação, Dominic rosnou:

— Se você acha assim tão engraçado por que não vai lá ver o que elas querem?

Com um pulo, Stephan sentou sobre o muro de pedra e respondeu, sem sequer tentar esconder o quanto aquilo o divertia:

— Elas querem você.

Dominic entrou na casa, lançando uma ameaça por cima de seu ombro:

— Não vou esquecer essa, Stephan.

Voltando para o pai e o tio, Stephan perguntou:

— Por que vocês acham que elas o estão chamando?

Alessandro deu de ombros.

— Mais tarde eu pergunto para Maddy.

Stephan balançou a cabeça, bem-humorado, e um pensamento cruzou sua mente:

— Pai, preciso confessar mais uma coisa. — Os homens mais velhos ficaram paralisados e Stephan desejou ter escolhido melhor as palavras. Ele não queria confessar algo grave novamente. Mas essa notícia era mais fácil de dar. — Eu contei para Nicole que nós conhecemos o estratagema do biquíni vermelho.

Victor disse, em tom triste:

— Agora sua mãe não vai voltar a colocar o dela.

— Pai! — Stephan saltou do muro e tentou bloquear a imagem mental que seu pai acabava de colocar em sua cabeça.

Sempre otimista, Alessandro disse:

— Talvez elas inventem alguma coisa ainda melhor. Mas, apesar de tudo, vou sentir falta da Elise abrindo a porta usando o dela.

"Está na hora de sair daqui", pensou Stephan, e disse:

— Eu vou ver se Dominic precisa de ajuda.

Stephan parou na porta da cozinha e ficou olhando a cena à sua frente. Richard havia regressado a seu posto junto do fogão. Maddy, entusiasmada, descrevia para Dominic algum esquema maluco que ele ouvia com toda a atenção. Dominic olhou para Abby, dividiu uma gargalhada com ela e balançou a cabeça, concordando com alguma coisa que Elise dizia. Um mês. Eles tinham um mês para resolver o problema do servidor de Dominic. "Vamos conseguir", pensou Stephan. "Precisamos conseguir."

Nicole o viu e foi se colocar do seu lado. Ela o abraçou e, de repente, Stephan deixou de sentir o peso do mundo sobre seus ombros. Ela disse:

— O resto da família vai chegar em breve. Como foi no jardim? Vocês dois ainda estão vivos e sorrindo, então acho que foi tudo bem.

— Meu pai gosta muito do seu irmão. E tio Alessandro vai procurar alguém que possa remover o vírus do servidor de Dominic.

Nicole escondeu o rosto no peito de Stephan e ele a sentiu estremecer contra seu corpo. Afastou-a ligeiramente para poder ver sua expressão:

— O que foi, Nicole? Achei que você estava feliz.

Lutando para segurar as lágrimas, ela respondeu com voz rouca:

— Eu estou feliz. Tão feliz que dá medo. Minha vida pode ser mesmo assim? E se eu acordar e descobrir que nada disso aconteceu?

Ele pegou uma madeixa solta do cabelo de Nicole e arrumou-a atrás da orelha.

— Se isso acontecer, vá até o meu escritório em Manhattan. Eu estarei lá, esperando você, com sua foto em cima da minha mesa.

Então ele a beijou, um beijo do tipo que faz o irmão superprotetor rosnar alguma coisa e a tia louca se levantar para aplaudir.

FIM

Capítulo promocional

Dormindo com
O BILIONÁRIO

UM

Quer saber mais sobre o romance Corisi/Dartley? Não perca a entrevista exclusiva com a irmã da noiva.

A promoção que um canal de televisão de Boston estava fazendo caiu no celular que Jake Walton pousava sobre a mesa do seu enorme quarto enquanto se vestia. Por um momento, ele parou de fazer o nó Windsor que havia cuidadosamente escolhido usar hoje, com sua gravata de seda azul. A maioria dos homens sabia como fazer um ou dois nós de gravata, mas Jake conhecia mais de oitenta maneiras diferentes e sabia que cada uma delas transmitia uma mensagem mas sutil. Informação era poder, mesmo quando aplicada aos detalhes.

A pequena publicidade que seu sócio, Dominic Corisi, enviara para seu celular não era uma boa notícia, mas como a entrevista ainda não tinha ido ao ar, ele teria tempo para parar com aquele absurdo. Mais uma vez, valia a pena ter uma rede de contatos em várias cidades do país.

Aquela era uma infeliz distração para Dominic no momento em que ele mais precisava estar focado. Felizmente, a situação poderia ser resolvida com facilidade dando alguns telefonemas, e depressa seria esquecida pelo público. Sem dúvida, dentro de alguns minutos Dominic telefonaria, perpetuando o ciclo que havia iniciado há vários anos – Dominic se metia na encrenca e esperava que Jake resolvesse o problema para ele. Jake não negava que sentia prazer em colocar ordem no caos que seu sócio criava pelo caminho. Normalmente algo como essa entrevista seria categorizado como um incômodo menor. Dominic era famoso por ser volátil, impulsivo e, muitas vezes, objeto de processos judiciais, certamente não o gênero de homem que teme uma imprensa ruim, mas com a Corisi Enterprises investindo tanto em um único contrato com a China, o risco era demasiado alto. Jake retornou sua atenção para o nó da gravata enquanto acabava de ouvir a propaganda.

– Lil Dartley revelará pela primeira vez o que sentiu quando o bilionário e magnata dos computadores Dominic Corisi raptou a sua irmã. Ela vai confessar algo capaz de fazer balançar os Corisi. Você acha que conhece toda a história? Não perca nossa exclusiva entrevista telefônica – hoje à noite, às sete.

"Certamente Dominic não descuidou a ponto de contar para ela a única coisa que poderia derrubar a Corisi Enterprises. Se contou, dinheiro nenhum pararia aquela entrevista."

Lil queria apenas os seus cinco minutos de fama ou aquilo era algo mais insidioso? Ela era uma jovem mãe solteira de 25 anos. Não era impossível que ela pensasse que o mundo a devia alguma coisa depois que sua irmã mais velha ganhou na loteria fisgando o bilionário.

Normalmente, saber dos defeitos das outras pessoas não provocava em Jake mais do que um ligeiro aborrecimento, mas agora ele se sentia estranhamente desapontado com o fato da nova família de Dominic – especialmente Lil – revelar essas falhas. O caráter da jovem, ou a falta de caráter, no caso, não deveria importar. "Ela era, e seria sempre, alguém sem importância."

Jake recordou o dia em que a conheceu com desconcertante clareza. Seu corpo ficou quente e rijo como se ela estivesse ali outra vez, junto dele, lançando sua cascata de cachos escuros desafiadoramente sobre o ombro e movendo uma mão para a frente e para trás, para sublinhar as palavras.

— Você mentiu para mim — ela o acusou. E esperou, batendo o pé, furiosa. Os detalhes sobre a pista de boliche para onde ela o havia arrastado naquela noite tinham desaparecido, mas o contorno de sua boca continuava dolorosamente vívido.

— Você me perguntou se eu gostava de boliche e não se eu sabia jogar. — Uma pitada de autossatisfação salpicara seu tom de voz e ele se sentiu um pouco incomodado com isso. Afinal, derrubar pinos com uma bola arremessada em alta velocidade era algo simples quando se aponta para o "bolso", aquele espaço entre o pino da frente e o que faz ângulo com ele, atrás à direita. Algo bem fácil se o jogador entende um pouco sobre ângulos e velocidade. Então, por que ele se sentia tão orgulhoso?

Lil.

Descobrir que queria impressioná-la foi a parte mais perturbadora da noite. Jake tinha coisas demais para fazer na Corisi Enterprises para perder seu tempo tentando adivinhar o que a irmã mais nova da namorada de Dominic pensava sobre ele. Jake fez uma careta, mais em resposta a seus próprios pensamentos do que às palavras dela.

Até conhecer Lil, ele jamais reparou na forma como o dinheiro determinava a maneira como as pessoas se relacionavam. Ela tinha ficado tão furiosa com o motivo da visita dele que nem reparara nos detalhes que a maioria das mulheres acha atraentes. Ela não o tinha convidado para sair porque queria conhecê-lo melhor.

Não, ela o havia afastado da sua zona de conforto com um objetivo bem menos nobre. Mas falhara.

— Desapontada por eu não estar fazendo um papel ridículo? — perguntou ele.

Ela pôs as mãos dentro dos bolsos da calça jeans, o olhou de cima a baixo e sorriu ao flagrar o notável contraste entre seu terno Dayang e os coloridos sapatos alugados de boliche; o sangue de Jake começou a correr mais rápido, de um modo que não acontecia desde que ele tinha deixado os bancos da escola.

— Ah, você ainda está ridículo, não se preocupe.

O que fazia o sangue de Jake acelerar não era tanto a camiseta amarela colada nos pequenos e tentadores seios dela, nem a calça jeans apertada que mostrava todas as suas curvas, mas o desafio dos olhos dela. Jake não era o tipo de homem que segurava a mão, pegava com paixão e possuía. Mas naquela noite queria ser assim.

Em vez disso, ajeitou o nó da gravata e limpou a garganta:

— Então, sugiro que você bata meu recorde ou terá a mesma sorte.

Lil continuou avaliando, balançando ligeiramente a cabeça.

— Não entendo. Quer dizer, você não é o braço direito de Dominic?

A lembrança daquela pergunta provocou o mesmo sorriso tímido da primeira vez em que a ouviu.

— Algo desse tipo.

— E você não se importa de ser minha babá?

A pergunta era o centro do problema.

Ele deveria se importar.

Seu sócio estava fraquejando publicamente em meio a um dos negócios mais importantes da história da empresa. Jake devia ter viajado com Dominic para a China para se assegurar de que o estado alterado do sócio não o deixava vulnerável a manipulações.

Em vez disso, permitira que Dominic o enviasse naquela viagem a Boston.

A viagem deveria terminar depois de ele garantir a segurança de Lil, segundo os detalhes que Dominic havia passado. No entanto, alguma coisa tinha acontecido quando ela abriu a porta da casa, o bebê apoiado em seu quadril, longos e rebeldes cachos emoldurando o rosto naturalmente belo. Jake sentiu o chão se desfazer sob seus pés.

Jake se surpreendeu com a irritação crescente de Lil à medida que explicava quem era e o que estava fazendo ali; também com o desejo dela de que ele fosse embora. Jake não estava acostumado a ser dispensado pelas mulheres. Sentia-se um pouco como se estivesse vendendo alguma coisa de porta em porta e falhasse com um cliente.

E adorou cada momento da situação.

A irritação dela voltou na pista de boliche, mas suavizada, e ela pediu desculpas:

— Eu não devia descarregar meu mau humor em você, mas sou perfeitamente capaz de sobreviver durante alguns dias sem minha irmã. A babá não é suficiente? Quanta mais vigilância ela acha que eu preciso? — Ele abriu a boca para responder mas Lil continuou a falar: — Não responda. Era apenas uma pergunta retórica.

Ele não conseguiu esconder o quanto estava se divertindo e os olhos dela estreitaram com uma expressão adorável e irritada.

— Ria o quanto quiser porque eu não tenho um pingo de solidariedade com você. Vai ver só!

O comentário dela atingiu o alvo. A respiração dele ficou mais rápida quando viu aqueles audaciosos olhos âmbar.

— Eu nunca perco – disse ele

Ela se aproximou um pouco, como se estivesse testando alguma coisa.

Ele prendeu a respiração, surpreso.

Colocando uma mão no ombro do homem, ela ficou na ponta dos pés e sussurrou em seu ouvido:

— Eu também não. — E deslizou a mão pelo peito dele, sobre a camisa, quando se afastou para jogar.

Jake se manteve imóvel, olhando o sedutor balanço dos quadris de Lil enquanto ela caminhava para apanhar a bola. Antes de lançá-la, olhou para Jake por cima do ombro, percebendo que a culpa o fazia desviar a atenção daquela maravilhosa bunda para os audaciosos olhos castanhos. Lil piscou, fazendo-o quase despencar. O corpo de Jake desejava intensamente o dela.

"Strike."

Lil passou triunfantemente por Jake, tocando-o apenas com seu perfume fresco. Ele achava que não tinha nenhuma preferência em matéria de perfumes femininos, mas naquela noite descobriu que existia um mais atrativo que todos os outros, e que fazia seus pensamentos voarem para direções selvagens — já pensava em como seria a sensação de um chão encerado debaixo da pele nua dos dois.

— Sua vez! — ela anunciou com um sorriso insolente.

Ele escolheu sua bola ao acaso. Lançou-a sem pensar. Nem reparou que a maioria dos pinos ficou de pé. E aconteceu a mesma coisa na segunda vez. A risada de Lil acabou com o que ainda restava de contenção em Jake.

Ele se aproximou, segurou o rosto dela entre as suas mãos e provou dos lábios sorridentes. Apenas um toque breve, um roçar de língua, nada que contrariasse o desagrado que ele sentia por manifestações públicas de afeto. Ele nunca havia se comportado assim mas, para sua surpresa, achou aquilo, ah!, tão prazeroso.

O humor dela se derreteu sob o calor entre os dois e a língua de Lil começou uma ousada dança. Ele deixou de escutar a música que tocava, parou de escutar a voz interior que o avisava que estava perdendo o controle. Jake a beijou até ela enroscar os braços em torno do seu pescoço, até as costas dela arquearem, pressionando-a mais ainda contra o corpo dele, e até a respiração de Lil ficar tão quente e irregular quanto a dele.

De repente, os jogadores que estavam em outras pistas perceberam o que acontecia e começaram a aplaudir e a gritar incentivos. Jake terminou o beijo. O seu coração pulava dentro do peito, enquanto ele lutava mentalmente para se comportar com decoro, e seu corpo o traía, não liberando o corpo dela.

Jake alcançara poder e sucesso rapidamente, mas isso também significava que a maior parte da sua vida foi passada dentro de salas de reuniões com pessoas com o dobro da sua idade. Perto de Lil, sentia-se impulsivo e mais jovem. Ele se inclinou para provar pela última vez os lábios dela e sussurrou contra sua boca:

— Sua vez. — E reparou, surpreso, como o bom humor dela foi rapidamente substituído pela fúria.

Ela se afastou, pegou a bola, e o presenteou com a visão de sua tentadora bunda e um sorriso por cima do ombro antes de ir até a pista.

Começou o jogo.

De volta à sua casa de Nova York, Jake ajeitou a gravata e vestiu seu paletó Brioni carvão com listras brancas. Poucas pessoas entendiam seu gosto com as roupas mas, recentemente, ele tinha comprado vários ternos famosos por suas ligações com os filmes do James Bond. Enquanto alisava os ombros bem cortados do paletó, tentou convencer a si próprio de que Lil não era a razão pela qual havia mudado o estilo das suas roupas. Afinal, nada havia acontecido entre eles.

Um telefonema do responsável da segurança que acompanhava Dominic na China acabou com o clima entre ele e Lil. Alguém andava se encontrando com o ministro do Comércio da China enquanto Dominic estava nos Estados Unidos para a leitura do testamento do pai, ameaçando o contrato que eles já julgavam fechado. Sem cerimônia, Jake deixou Lil na porta de casa e pegou um voo para Pequim.

Ele gostaria que esse tivesse sido o último encontro deles.

Mas depois Lil telefonou pedindo ajuda para encontrar a irmã. E ele a levou até Abby, em Isola Santos. A tensão sexual entre os dois foi rápida e intensa, especialmente quando se encontraram na cozinha, logo na primeira noite, mas ele recusou com sensatez a oferta dela para explorarem juntos a atração que existia. No momento em que seu sócio e suas finanças estavam potencialmente fora de controle, sua vida pessoal precisava ficar em ordem.

O sexo poderia esperar até o fim daquela crise.

Evidentemente, Dominic estava apaixonado e não concordaria com ele.

A obsessão de seu sócio por Abby Dartley não poderia ter surgido em um momento pior; ele ia perder sua fortuna se não acordasse rapidamente. Jake tinha investido tanto tempo na empresa que simplesmente não podia ficar sentado vendo Dominic destruir tudo, sem tentar fazer alguma coisa.

O celular de Jake tocou. Por falar no diabo...

— Jake, eu preciso de você em Boston — disse Dominic, num tom brusco que chegava a ser reconfortante.

— Dominic, estava pensando em você. — "E em Boston."

— Você viu o vídeo que eu mandei? — perguntou Dominic com completo desrespeito pelas regras mínimas da boa educação e continuou, sem esperar pela resposta de Jake: — Abby telefonou para a irmã, mas ela não atendeu. Vá até lá e veja o que está acontecendo.

— Não! — respondeu Jake, e ele próprio se surpreendeu com a convicção em sua voz. — Essa situação se resolve fácil. Eu peço para Duhamel fazer uns telefonemas.

Bem devagar, com uma entoação cômica, Dominic disse:

— Você disse não... Você nunca me diz não.

— Isso é porque, normalmente, você não pede coisas que são pura perda de tempo. Preciso falar com alguns programadores. Hoje à tarde vou me reunir com um deles. — Um programador que, diferente de todos os outros, Jake esperava que fosse capaz de desativar o vírus que o hacker de Stephan havia colocado no servidor deles.

— Eu preciso de você em Boston, isso é mais importante que todo o resto.

Jake respirou fundo:

— Dominic, você já percebeu que pode perder tudo se não fizer alguma coisa rápido?

Dominic respondeu:

— Estou trabalhando nisso.

Segurando o celular entre o ombro e o rosto, Jake apertou impacientemente os cadarços de seus sapatos e zombou:

— Como eu gostaria de acreditar.

— Alguma vez eu perdi um contrato?

— Burundi, Guiné, Andorra, Chile... — A lista era interminável.

— Fechamos todos eles.

— Por sorte. — "E porque eu virei especialista em justificar seus comportamentos ultrajantes."

— De repente você ficou com medo de desafios?

— Dessa vez é diferente, Dom. Você apostou tudo nesse contrato. Não me envolva em assuntos sem importância quando o relógio está trabalhando contra nós.

Por um momento, Jake achou que o sócio estava a ponto de reconhecer seu erro.

Dominic disse:

— Estou conversando com duas pessoas que têm o conhecimento de que nós precisamos. Elas virão à minha casa no próximo final de semana. Se isso faz você se sentir melhor, eu deixo você finalizar os detalhes.

Jake parou de repente, em alerta:

— Quem? Quem são essas pessoas?

Dominic respondeu:

— Não devíamos estar falando sobre esse assunto por telefone.

Finalmente ele disse alguma coisa que fazia sentido:

— Certo. Onde nos encontramos?

— Primeiro eu preciso que você vá até Boston e resolva para mim esse assunto da Lil.

Por um momento, a desconfortável visão do tentador e sarcástico sorriso de Lil distraiu Jake, e ele precisou se esforçar para voltar a ter foco no assunto de que tratavam. A irritação que sentia se refletiu no tom de voz com que ele falou:

— Por que você não vai?

— Abby me obrigou a prometer que eu não me envolveria. Ela quer que Lil se resolva sozinha.

— E eu ir até lá não conta?

Dominic respondeu com um tom de voz sério:

— Ela não está em segurança, Jake. Lil simplesmente não está preparada para toda essa atenção que a mídia está oferecendo e não entende que é um alvo fácil. Ela acha que pode enfrentar tudo, mas você sabe que ela e o bebê são vulneráveis à manipulação e até mesmo a um sequestro. Não acredito que não tenha pensado nisso. Essa entrevista é apenas a ponta de um iceberg de problemas.

Nunca era bom sinal quando Jake tinha de concordar com Dominic.

Jake não queria pensar em Lil numa posição vulnerável. Ele não queria pensar nela de maneira nenhuma, mas agora que Dominic havia levantado a possibilidade de Lil estar em perigo, ele precisava reconhecer que isso, de fato, era verdade.

— Você já explicou isso para Abby?

Dominic se lamuriou:

— Eu tentei. Mas as mulheres Dartley são teimosas. Eu mandei uma babá e Lil a mandou embora. Coloquei seguranças para vigiarem a casa de dia e noite e ela ameaçou chamar a polícia se eles continuassem lá. Eu até comprei uma cobertura em Boston para aquela diaba morar, em um prédio seguro, mas ela não se mudou. Diz que não quer e não precisa do meu dinheiro. Ela sequer usa o motorista que eu mandei.

"Ah, Dominic."

— Isso é um grande envolvimento para um homem que prometeu para a noiva ficar longe do assunto.

— Foi o que Abby disse.

— A única coisa que você ainda não fez foi trazê-la amarrada para morar em Nova York contra a sua vontade. — Jake colocou a carteira no bolso. Como Dominic conseguira não ser preso continuava sendo um mistério para Jake, mas era essa imprevisibilidade de sua personalidade que havia construído seu sucesso nos negócios.

— Já pensei nisso, acredite.

— Dominic...

— Não se preocupe, eu não vou fazer nada precipitado. Por isso estou mandando você. Considere isso um...

— Dom, não diga nada. Não vá por aí. Passei a última semana viajando pelo país todo tentando resolver nosso problema. Sua conta de favores já se esgotou.

— Não sei se eu gosto desse novo Jake — Dominic resmungou.

Jake desceu as escadas para tomar sua xícara de café matinal.

— Não fui só eu quem mudou, Dom. Você precisa colocar sua cabeça no lugar antes que perca tudo. — "E eu preciso me focar", pensou. E isso queria dizer que ver Lil estava fora de questão.

Dominic jogava sujo quando era necessário e, por isso, ameaçou:

— Não me obrigue a usar argumentos pesados.

— Você não faria isso — disse Jake, aborrecido. Ele pousou sua xícara de café sem sequer beber um pouco.

— Faria sim, se você não me desse outra opção.

Era assim que Dominic sempre ganhava, ele tinha uma longa história de ameaças. Não se tratava de cumpri-las, mas de tornar impossível recusar o que pedia diante do risco de lidar com as consequências.

Quase sempre era mais fácil resolver a questão que enfrentá-lo.

Quando Lil estivesse instalada em sua nova e segura cobertura e a entrevista fosse cancelada, Jake tentaria de novo chamar Dominic à razão.

— Certo, vou resolver o caso da entrevista enquanto estiver lá. Duhamel pode tratar dos detalhes da mudança. Esta noite Lil já vai dormir na cobertura, mas não posso prometer mais nada. Não posso obrigá-la a ficar lá.

— Você consegue convencer as pessoas a fazerem qualquer coisa.

"Não é verdade. Faz mais de um mês que eu tento convencer você a colocar os pés no chão, sem sucesso", Jake pensou.

Dominic acrescentou:

— Olha, só mais uma coisa. Veja se está de volta a Nova York na sexta-feira. Vai ser um final de semana importante para nós.

"Sério?"

Jake se encostou na bancada da cozinha.

— Dom, eles valem mesmo tudo isso? Essa família a que você está tão ligado? Acha mesmo que ela vai ficar do seu lado no ano que vem, se você estiver trabalhando como motoboy?

— Acho! — ele respondeu em um tom que surpreendeu Jake. — Acho sim.

— Espero que você esteja certo, Dom, porque eu não tenho certeza de que vamos conseguir resolver esse problema.

— Não se preocupe, Jake. Eu tenho um plano.

Não era a primeira vez que Jake ouvia Dominic dizer aquilo.

Naquele momento, ele esperava que fosse mesmo verdade.

— Estarei de volta na quarta-feira e nessa altura conversaremos sobre as pessoas que você diz que vão ajudar. Preciso me preparar antes de encontrá-los — disse Jake.

Dominic respondeu:

— Não se preocupe, você os conhece.

— Conheço? — Jake estava certo de não ter excluído nenhuma ajuda em potencial da sua lista de contatos.

— Conhece. Ligue se precisar de alguma coisa em Boston — disse Dominic.

"E você vai fazer o quê?", Jake protestou em pensamento.

— Não vou precisar — disse em voz alta.

— Oh, e faça tudo para parecer que foi ideia sua.

Esse pedido sequer merecia uma resposta.

Jake balançou a cabeça e desligou.

"Como o poderoso Dominic foi se apaixonar!"

Jake guardou algumas roupas em uma pequena mala de viagem e mandou preparar seu luxuoso helicóptero. Ele tinha escolhido aquele prédio de apartamentos para morar porque possuía um heliporto no topo, onde seu helicóptero podia pousar. Ele chegaria bem mais rápido em Boston se viajasse de avião, mas gostava de aproveitar as facilidades de pouso que um helicóptero oferecia. Em sua máquina podiam viajar seis pessoas com o conforto de uma limusine, indo de um edifício para outro sem sofrer os incômodos do trânsito. O helicóptero também tinha isolamento de som e seu preço daria para comprar vários jatinhos, mas era um dos raros luxos a que ele se permitia.

Quando chegasse na cidade, alugaria um automóvel por conta própria. Ele preferia menos pompa porque achava a presença constante de outras pessoas, sobretudo aquelas que sempre queriam antecipar suas vontades, uma coisa bem cansativa. Por isso, só tinha empregados em casa nas segundas e quintas-feiras, no horário em que estava no trabalho. Eles limpavam a casa, enchiam as prateleiras e preparavam refeições que Jake, depois, aquecia no micro-ondas quando não tinha vontade de ir a um restaurante. Só se notava que tinha empregados porque nada faltava na casa.

Agradável e simples.

Exatamente como ele gostava de tocar sua vida.

Lil espreitou pela janela puxando um pouco a cortina, só um pouquinho, e gemeu. Logo após a propaganda sobre a entrevista passar na televisão, jornalistas se instalaram na porta de sua casa, nos subúrbios de Boston. Estavam ali desde cedo.

Ela olhou sua bebê, que continuava deitada de costas, sobre um cobertor no chão, chutando os brinquedos do móbile em cima dela.

— Colby, o que eu vou fazer?

A única hipótese de o canal de televisão ter uma entrevista com ela era se a mulher que ligou no dia anterior fosse uma mentirosa. Ela disse que era a nova secretária pessoal da sua irmã. A possibilidade ter sido enganada era inaceitável porque significava que sua sessão inteira de treinamento sobre como responder a perguntas da mídia tinha sido gravada.

Também significava que um monte de informações que ela jamais compartilharia com alguém, se não fosse o tom jovial da falsa entrevista, estava prestes a vazar para o público.

Aquilo não podia estar acontecendo com ela. Não hoje.

Ela acabara de terminar os trabalhos que faltavam para concluir a universidade e nessa semana tinha que estudar para os exames finais. Só mais um pouquinho e teria seu diploma de Assistente Administrativa. Não era o trabalho ideal, mas garantia um rendimento estável.

"Se eu não for reprovada. E se não me tornar uma desempregada crônica por causa de histórias como essa", pensou Lil. Ela enviara seu currículo para diversas empresas e tinha recebido alguns telefonemas. O fiasco com a entrevista na televisão arruinaria suas chances? Bom, com certeza não as aumentaria.

O celular de Lil mostrava três telefonemas não atendidos de Abby.

Colby rolou no cobertor, sentando e balbuciando para a mãe.

— Você está certa, Colby. Mamãe é orgulhosa demais para pedir ajuda. Tia Abby resolveria isso, da mesma forma como sempre resolveu tudo e o pior é que ela sequer ficaria brava comigo. Ela sempre espera que eu faça bobagens como essa. Droga! Por que não? Eu sempre faço asneira.

Chupando a mão, a filha de Lil a olhou com o ar preocupado de uma criança que sabe apenas que a mãe está infeliz, mas não entende o porquê. Lil continuou a falar como se a filha pudesse compreendê-la:

— Como pude fazer uma coisa dessas?

No momento em que soube que carregava uma nova vida dentro de si, alguma coisa havia mudado. Um final de semana incrivelmente doloroso de autorreflexão havia feito nascerem resoluções difíceis. Ela não podia continuar aceitando o apoio de Abby, que sempre a salvava das consequências de suas ações, limpando a bagunça que Lil fazia em sua vida. Ela ia parar de se lamentar por aquilo que sua vida poderia ter sido. Estava na hora de crescer. Apesar de sempre se manter fiel a seus princípios e de fazer aquilo que achava certo, onde isso a tinha levado? Uma longa lista de empregos sem futuro. Um futuro tão vazio como sua conta bancária. Não é o tipo de vida que queria dar à sua filha.

Então, Lil se matriculou na universidade e resolveu parar de falar compulsivamente, pelo menos no que dizia respeito a seus patrões. Uma pena não ter guardado seus pensamentos só para ela quando Abby perguntou sua opinião sobre Dominic. Claro, naquela época não podia imaginar o quanto sua irmã o amava desesperadamente, ou o quanto esse relacionamento teria influência sobre sua própria vida. Dominic parecia ter boas intenções, e apesar de suas ofertas de ajuda financeira serem tentadoras, qualquer proximidade com ele seria um pouco como convidar um tornado para o nosso quintal: ele não tinha limites e não entendia que podia destruir o que outros tinham construído.

Se Abby era superprotetora, Dominic era sufocante. No início, ele não aceitou quando ela disse que a única coisa que queria dos dois é que lhe dessem a liberdade de tocar sua vida para a frente. Depois de algumas discussões, as coisas se acalmaram e Lil começou a sentir que Abby e Dominic a entendiam.

"Eu só queria um tempo para provar para mim mesma que não sou um completo desastre. E estava indo bem... até hoje de manhã." Lil suspirou. "Mães não apareciam nos noticiários dizendo coisas embaraçosas. Mães deviam ser firmes e responsáveis." Pelo menos, esse era o tipo de mãe que Lil lembrava de ter tido quando era mais nova, e era o tipo de mãe que Abby havia se tornado para ela depois que os pais morreram em um acidente de carro, deixando uma Lil com apenas treze anos.

Abby jamais teria falado com aquela mulher ao telefone sem antes conferir se o que ela dizia era verdade. Não teria deixado que seu ego ferido levasse a melhor e não permitiria aqueles comentários sobre Jake. Definitivamente, Abby não estaria se escondendo em casa esperando que, tudo aquilo desaparecesse por mágica. Quando não se tratava de Dominic, Abby era impulsiva como o pôr do sol.

"E eu sou confiável como o homem da meteorologia. Pobre Colby, você escolheu o útero errado." Em vez de a animar, a piada encheu de lágrimas os seus olhos. "Não precisa continuar assim. Uma pessoa pode mudar se quiser de verdade."

— Eu vou ser uma boa mãe, Colby. Eu prometo. Você vai poder se orgulhar de mim. — É difícil se sentir mal com a gente quando nossa filha está levantando duas mãos cheias de baba pedindo para ser carregada no colo. Lil segurou a bebê bem encostada em seu pescoço e balançou a cabeça tristemente. — Logo que essa última confusão passar.

Em um momento de necessidade, ela desejou o impossível.

"Como eu queria que a senhora estivesse aqui, mãe. Não sei se sou capaz de fazer isso sem a sua ajuda. E se eu não conseguir ser a pessoa que tento ser? E se Colby pagar o preço de eu não conseguir resolver meus rolos sozinha?"

Não houve um frio invadindo a sala, nem aparição alguma, nem uma voz do além mas, por um momento, Lil sentiu que sua mãe estava ali, junto dela, e uma lágrima rolou por seu rosto. Sua pequena filha a limpou e fez um barulho com a boca.

"A senhora está certa, mãe. Vai ficar tudo bem porque eu vou fazer tudo ficar bem. Eu sou uma mulher forte e independente e não preciso que ninguém resolva meus problemas."

O canal de televisão havia passado um trote para conseguir a entrevista. Isso só podia ser ilegal. Ela precisava de um advogado. Um de seus colegas de escola acabava de se formar. Talvez pudesse escrever alguma coisa para obrigar o canal a cancelar a programação.

Com Colby encaixada em seu quadril, Lil discou o número de uma mulher que amava como se fosse da família.

— Senhora Lawson, o Aaron está em casa?

— Lil! Eu ia ligar para você, mas imaginei que seu telefone estivesse ocupado. Você está bem? Estou sabendo das notícias.

Ela sentiu que precisava se explicar:

— Eu não dei aquela entrevista. Bom, dei, mas eu não sabia. Uma mulher telefonou dizendo que era a nova secretária pessoal da Abby e eu acreditei. Ela disse que Abby tinha pedido para ela me preparar para as perguntas que a mídia podia me fazer.

— Oh, querida! Eu imaginei que era alguma coisa assim. Você deve estar se sentindo destroçada. O que a Abby disse sobre o assunto?

— Para dizer a verdade, ainda não falei com ela. —Lil tentava, sem muito sucesso, evitar Abby desde a noite na ilha, quando ela fez papel de boba confundindo o pequeno flerte de Jake com algo mais sério. Ela não queria voltar a vê-lo. E também não queria falar sobre essa humilhante noite com Abby, tal como não queria conversar com a irmã sobre sua última bobagem.

A senhora Lawson ficou chocada com o que havia acontecido com Lil, mas disse simplesmente:

— Bom, Aaron está em casa, mas ainda está dormindo. O que você precisa?

Lil mordeu o lábio inferior antes de responder:

— Acha que ele pode escrever uma carta ameaçando o canal com um processo se eles insistirem em passar a entrevista? Se eu conseguir levar a carta durante a manhã, espero que eles desistam.

— Claro que sim! Eu vou acordá-lo. Isso vai ser bom para ele. Ele vem se candidatando a vários empregos desde que se formou, mas você o conhece... Ele não quer mudar de cidade. Eu amo meu filho, mas ele se preocupa demais comigo. Isso não é saudável. Ele está ficando deprimido. Se não encontrar rápido alguma coisa para fazer vai precisar voltar a cortar grama para pagar o empréstimo que pediu para a universidade. Talvez, com essa carta, alguém repare nele e o convide para um emprego por aqui.

— Espero que isso aconteça, sim! Obrigada. Por favor, diga a ele que eu estarei aí em trinta minutos. Só preciso me arrumar e pegar as coisas da Colby.

Lil começou mentalmente a rever as roupas que estavam em seu armário. Felizmente tinha comprado uma saia e um paletó azuis-escuros e uma camisa de seda para usar nas entrevistas de trabalho. O azul não era a cor das pessoas que queriam ser levadas a sério?

“Espero que esta seja a cor que significa: ‘Estou falando sério, vou processar vocês’”, pensou ela.

A senhora Lawson disse:

— Lamento que esteja passando por isso, Lil, mas vai ser bom ver você. Almoça com a gente, como nos velhos tempos?

— Não vou poder ficar. Preciso ir logo ao canal para conseguir parar a programação.

— Eu faço uma marmita para você levar.

— Por favor, não quero que a senhora tenha esse trabalho.

Mas a senhora Lawson insistiu:

— Trabalho nenhum, Lil. Aaron não teria conseguido entrar na universidade sem a sua ajuda. Se não quer me alegrar casando com ele, pelo menos deixe eu preparar uma comidinha para você.

— A senhora sabe que somos apenas bons amigos.

A mulher concordou:

— Eu sei, mas uma mãe sempre pode sonhar.

"Não, não pode", Lil queria dizer. "As mães precisam colocar seus sonhos de lado e tomar decisões responsáveis."

A senhora Lawson conhecia Lil bem demais para sentir a sua angústia.

— Vai correr tudo bem, Lil. Arrume-se e apareça um pouco mais cedo. Você tem um longo dia pela frente.

Lil concordou, desligou o telefone e entrou no seu quarto, levando Colby com ela. Amarrou o cabelo em um coque, esperando ganhar seriedade. A sua confiança aumentou quando vestiu suas roupas de trabalho.

Se um estranho a estivesse olhando agora, o que diria? Que ela estava vestida para o trabalho que queria, e não para o trabalho que tinha. No caso, ela estava vestida para a pessoa que queria ser. Se os sapatos apertavam e a saia travava seu passo, eram apenas detalhes que ela estava disposta a aprender a amar. Lil apanhou as coisas de Colby.

"Mamadeiras. Certo. Fraldas e toalhas úmidas. Certo. Brinquedo. Certo. Um grande dia." Ela colocou o saco com as coisas do seu bebê no ombro e pôs Colby no carrinho. "Essa é uma maneira de descrever a situação. Agora, só preciso passar por aqueles repórteres, pegar a carta e convencer o diretor da televisão de que as reclamações pelo cancelamento da entrevista serão mais fáceis de suportar que os processos que Aaron vai apresentar contra eles. Completamente possível de se fazer. Desde que esse dia não me traga mais surpresas."

CENAS EXTRAS

A cena seguinte é a contribuição de uma leitora de Ohio, Karen Lawson. Ela é uma professora aposentada, esposa, mãe e avó. Primeiro, Karen me conheceu através de minha página no Facebook, mas se tornou uma amiga.

Em setembro de 2011 eu realizei um concurso com os meus leitores. Eles foram encorajados a escrever cenas relacionadas com *Coração de Bilionário* ou *Amor por Interesse*. Embora a cena dela não tenha sido incorporada na história, é muito bem escrita e divertida e, por isso, merece ser lida.

Então, por favor, tire alguns minutos para se deliciar com minhas personagens através dos olhos de uma fã:

A tese de doutoramento de Jeff rendeu muitos elogios. Na primavera seguinte àquele verão em que substituiu o pai como motorista de Nicole, ele recebeu o título de doutor. Quando o Dr. Jeff iniciou sua prática clínica, enviou um convite para uma sessão de terapia em grupo para a família Corisi/Andrade/Dartley. Eles eram – evidentemente – a razão do grande triunfo de sua tese.

Depois de muitos desentendimentos sobre a data e muitos telefonemas, o dia da sessão finalmente chegou. Arnold levou o grupo de quinze pessoas até o novo consultório do filho. O espaçoso apartamento fora recentemente remodelado com a ajuda de Arnold, graças ao generoso bônus que Nicole havia dado a ele. Como Nicole não estava precisando de motorista durante o dia, Arnold teve tempo para ajudar Jeff a planejar uma sala grande o suficiente para acolher a terapia de grupos. O inovador consultório tinha um serviço de babás e três salas enormes.

Quando o grupo entrou no prédio, as crianças – Colby apertando a mão de Joey – foram direito para o playground. Lil e Maddy as seguiram de perto para terem certeza de que seus filhos estariam sendo bem cuidados pelas babás. Victor e Katrine acompanharam Rosella até a primeira sala de terapia de grupo. Elise e Alessandro caminhavam atrás, Richard os seguia. Dominic, dando a mão a Abby, entrou com Jake atrás deles. Alguns minutos mais tarde, Stephan e Nicole chegaram, atrasados e sorridentes. Arnold apareceu logo depois, garantindo a seu filho que havia tentado apressá-los a saírem da limusine, mas que tinham sido os últimos a sair e demoraram muito tempo para deixar o carro. Finalmente, Lil e Maddy entraram na sala por uma porta lateral que dava acesso direto ao playground.

Nicole ainda tinha problemas de relacionamento com a mãe e essa era uma das razões pelas quais o Dr. Jeff os havia convidado para aquela sessão. De fato, havia tantos assuntos para tratar com todos que Jeff os sentou em um círculo e pediu a cada um para falar de suas angústias.

— Bom — disse Nicole —, eu começo. Sei que você acha que minha mãe é meu verdadeiro problema. Talvez esteja certo, mas eu preciso falar sobre outras coisas. Desde que eu ganhei milhões com a venda da casa do meu pai, eu e Abby não conseguimos nos decidir como decorar o abrigo para mulheres vítimas de violência.

— É isso aí — acrescentou Abby. — Eu nem sei se quero continuar com o projeto. Estou buscando um projeto beneficente que também preencha minhas necessidades. Talvez um programa de melhoria de leitura nas escolas?

Lil a interrompeu:

— Estou cansada de ouvir falar sobre minha irmã bilionária! Eu sou uma mãe solteira vivendo com Colby na nossa pequena casinha enquanto ela vive rodeada do maior luxo. Eu não tenho uma boa história para contar também?

— Ah! Não se preocupe com isso, Lil — disse Jake. Ainda há um monte de coisas que você precisa saber a meu respeito. Quando chegar nosso tempo eu vou cuidar muito bem de você, acredite! Eu só quero saber como essa saga vai terminar.

— E que tal falarmos sobre nosso problema com a China? — sugeriu Dominic. — Temos pouco tempo até os servidores ficarem online. Se não fosse Stephan, isso sequer seria um problema!

— Você está brincando? Eu estou tentando ajudar, mas você me ameaça tanto a respeito da sua irmã que eu tenho de mantê-la feliz — respondeu Stephan. — E ela só quer falar sobre planos de casamento.

— Eu entendo — garantiu Dominic. — E acho que todos nós deveríamos ir para bem longe e casar logo. Há uma boa chance de Abby estar grávida.

— Grávida!? — exclamou Rosella. — Finalmente eu vou ser avó?

— Você nem consegue ser mãe! — sussurrou Nicole.

— Dominic, não estamos tratando da sua história! Além do mais, precisamos descobrir como podemos compartilhar

Isola Santos com Nicole e Stephan. Eu acho que podemos demolir aquele monstro de aço e vidro que você colocou e mandar reconstruir o castelo do século XVIII — sugeriu Abby.

Victor se intrometeu na conversa:

— Se Stephan e Nicole vão morar na ilha, eu e Katrine não precisaremos mais de viajar para os Estados Unidos para vermos nossos netos.

— Isso será ótimo — concordou Alessandro. — Nossa casa virou um salão de festas com vocês andando sempre por lá. Elise e eu vamos gostar de passar um tempo a sós. Desde que Maddy vazou a informação sobre a Solução dos Passos eu não voltei a ver minha esposa de biquíni. Além disso, com Richard sempre cozinhando, ela já nem está tão em forma para vestir um.

— Deixa, eu não vou voltar a cozinhar para você! — exclamou Richard. — Pode ficar com sua comidinha italiana. Eu, Maddy e Joey comeremos deliciosos pratos franceses sem convidá-los! Agora que eu penso nisso, meu filho vai voltar a se chamar Laurent.

— Parem! — gritou Abby. — Estamos parecendo um bando de crianças. Nós nos amamos. Katrine disse uma vez que amor é a decisão de cuidar de alguém mesmo quando a gente tem vontade de estrangular essa pessoa e a perdoamos por não ser perfeita. Acho que todos podemos dizer que ninguém aqui é perfeito. E eu bem que gostaria de estrangular alguns de vocês agora.

Dr. Jeff falou finalmente:

— Vamos voltar ao que interessa. Rosella, como você está se sentindo com a maneira como tratou seus filhos?

— Eu amo meus filhos e reconheço que fiz tudo errado. No entanto, eu e Thomas estamos namorando há algum tempo e estou loucamente apaixonada por ele. Queremos fugir e ir morar na Itália. Meus filhos podem nos visitar sempre que quiserem.

— Acho que todos estão precisando de outra sessão comigo. É verdade que a história não para no momento em que o livro acaba. Acho que vamos precisar de um livro inteiro! — disse o Dr. Jeff.

FIM

Este livro foi composto em
Sabon MT para a Leya e impresso
em maio de 2013.